Karl-Erick HORLANGE

AGONIE D'UNE PASSION

Carnets sous l'Occupation

(1942-1945)

avec une préface de Bruno BOUCHÉ
Directeur artistique du CCN/Ballet de l'Opéra national du Rhin

PRÉFACE

À partir de quelques carnets retrouvés par hasard, Karl-Erick Horlange ramène à la vie des existences aux prises avec des tourmentes historiques et amoureuses. Ces feuillets épars, notes d'un auteur dont la littérature n'a pas voulu se souvenir, révèlent le drame d'un mal intemporel, le mal d'aimer et de ne pas être aimé en retour. Il a fallu toute la curiosité d'un passionné d'histoire pour transcrire en un récit cohérent les pages griffonnées et ranimer, le temps d'un livre, ces personnes abîmées et prises dans le tourbillon d'événements qu'elles ne maîtrisaient pas. Je reconnais bien là les préoccupations d'Horlange, professeur rencontré à l'École de danse de l'Opéra de Paris tandis que je me préparais à faire carrière dans le corps de ballet. Devenu un ami proche au fil des années, c'est avec une réelle joie que je le vois enfin se décider à publier le travail accompli sur ce journal de Franz von Arx.

Bruno Bouché
Directeur artistique du CCN/Ballet de l'Opéra national du Rhin

à D., nonobstant

Il est bon d'être ému, de frémir sous la caresse
et davantage encore sous la morsure.

André Gide, Feuillets, 1911.

AVANT-PROPOS

La découverte des carnets contenant le journal de Franz von Arx remonte à 1983. Les conditions de cette découverte n'ont pas lieu d'être racontées ici, son auteur s'y étant formellement opposé, de même qu'il a exigé qu'aucune publication ne soit faite de son vivant et que son anonymat soit respecté. Je suis seulement autorisé à préciser qu'il a bien connu Franz von Arx dans les dernières années de sa vie.

Il importe toutefois de faire savoir au lecteur d'aujourd'hui, qui ne peut que l'ignorer, qui était Franz von Arx, connu dans le monde littéraire parisien d'avant-guerre sous le pseudonyme de Franz Arsene.

Né au début du XXème siècle, il appartient par son père à une des plus anciennes familles allemandes, dont on retrouve la trace dès la création des Chevaliers teutoniques. Par sa mère, française, il descend de la petite noblesse bretonne. Son père, proche du Kaiser Guillaume II, disparaît mystérieusement pendant la révolution de novembre 1918, alors que Franz est encore adolescent. Installé en France avec sa mère peu de temps après, il achève ses études en province, avant de monter à Paris pour se consacrer à la carrière des lettres.

Romancier et dramaturge, il fréquente rapidement le Tout-Paris littéraire. Habitué quelque temps de la rue Vaneau, il rompt cependant avec Gide au milieu des années trente, rupture qui lui fut particulièrement douloureuse. Son œuvre, multiple, sans doute trop hétéroclite, est quasiment introuvable en France aujourd'hui.

Écrivant exclusivement en français, Franz von Arx a cependant toujours entretenu des liens étroits avec l'Allemagne, où il se rend régulièrement jusqu'en 1933. Il la néglige ensuite, jusqu'au voyage effectué pendant la guerre qu'il évoque dans ses carnets. C'est l'avènement de Hitler qui lui fit déserter la terre paternelle : s'il n'a jamais condamné le national-socialisme, il ne l'a jamais compris non plus. Son Allemagne à lui, c'est l'Allemagne aristocratique des grandes familles de Junkers, dont les derniers représentants devaient périr victimes des suites de l'attentat du 20 juillet 1944.

Au lendemain de la guerre, Franz von Arx disparaît de la scène littéraire. Il s'installe en province, ne quittant sa retraite que pour des voyages lointains dont nous ne savons rien. Il s'éteint au milieu des années soixante-dix, après avoir détruit l'intégralité de ses papiers et manuscrits.

Seuls ont subsisté les carnets qui sont publiés aujourd'hui. Nous nous sommes interdit d'en changer le moindre mot. Les noms sont tels qu'ils apparaissent dans le manuscrit original, même si certains, modifiés par l'auteur lui-même qui voulait les rendre anonymes, sont faciles à identifier aujourd'hui.

L'intérêt de ces carnets, qui contiennent le Journal intime tenu par Franz von Arx entre le 9 février 1942 et le 4 juillet 1945, c'est au lecteur d'en décider. Nous avons juste voulu porter à sa connaissance un témoignage sur les années noires de l'Occupation vécues par un écrivain parisien trop méconnu et faire revivre en même temps l'histoire d'une passion humaine. Rien de plus.

Karl-Erick Horlange, Montréal, 2018.

9 février 1942

« Je vais être raisonnable ».

Pierre était déjà là, lorsque je suis rentré rue Bridaine. Suspendu à la barre, nu, il se balançait, comme l'envie lui en prend de plus en plus souvent. L'installation de cette barre, qui nous a valu les récriminations des voisins, agacés à juste titre par le martèlement répété des outils maniés des heures durant, n'avait pour seul but, à l'origine, que de lui permettre de se calmer. Il prétend, aujourd'hui, que ce n'est qu'en décrivant les plus savantes figures acrobatiques qu'il est en mesure de pouvoir réfléchir. « C'est uniquement la tête à l'envers que le monde me paraît un tant soit peu fréquentable », m'affirmait-il hier encore, surprenant mon irritation à le trouver de plus en plus fréquemment si étrangement perché. En même temps, je ne peux m'empêcher d'admirer les nouvelles courbes que cet entraînement quotidien a données à son corps, renforçant sa musculature déjà naturellement avantageuse, expliquant que tant de gens se retournent sur son passage.

Tout à l'heure, alors que j'émergeais à peine de la cohue de la rue, tout engourdi par le froid qui s'est installé dans Paris, sans me laisser le temps de reprendre mes esprits, il m'a lancé d'un ton triomphant : « Je vais être raisonnable ». Et, sans doute pour mieux me confondre, ou peut-être d'ailleurs sans lui-même s'en rendre tout à fait compte, il a ajouté un sourire, un de ces sourires qui, parce qu'ils sont rares chez lui, me transportent toujours de plaisir. Cette fois-ci, parce qu'à peine esquissé, le sourire n'a pas produit sur moi l'effet habituellement escompté.

Par les quelques mots prononcés, il a unilatéralement décidé d'ouvrir une ère nouvelle, si j'ose reprendre des termes qui sont dans l'air du temps. Rien de quoi m'alarmer au premier abord. Pourtant, il ne laisse pas de m'inquiéter : sur quoi a-t-il tracé un trait, ou du moins décidé de le tracer en reconnaissant avoir été jusqu'à maintenant déraisonnable ? C'est toute l'ambiguïté de la décision, l'ambiguïté du personnage, puisque les deux sont indéfectiblement liés. Évidemment, comme à l'ordinaire, il a refusé de s'expliquer. Devant mon regard interrogateur, il a interrompu aussitôt ses exercices de gymnaste, s'est précipité pour m'aider à retirer mon manteau et, avant même que j'aie pu formuler la moindre question, a engagé la conversation, qu'il me voyait prêt à amorcer, sur un sujet anodin. Il en est toujours ainsi entre nous : Pierre éprouve souvent le besoin de se confier, mais, à peine la confidence est-elle ébauchée, qu'il répugne à poursuivre, craint déjà d'en avoir trop révélé, et le voilà qui se tait, définitivement. C'est alors à moi de tenter de le percer ; il m'y aide le moins possible. Je crois qu'il a besoin qu'on le violente, qu'il le sait, mais qu'il n'est pas décidé à rendre la chose facile, par un fâcheux reste de pudeur. La pudeur... J'ai toujours détesté ce sentiment, parce qu'il m'est à chaque fois paru contrefait.

Toujours est-il que Pierre a décidé d'être raisonnable, ce qui ne va sans doute pas manquer d'intérêt à qui l'observerait en simple témoin. J'ai comme l'impression qu'il cherche à se créer des obligations. Je crains qu'il n'essaye surtout de me faire plaisir. Non pas que cela me soit désagréable, bien au contraire, mais je ne voudrais absolument pas qu'il s'invente des devoirs à mon égard. Ce qui me confirme cependant dans cette idée, c'est qu'il a décommandé son rendez-vous prévu avec Catherine, afin de passer avec moi la soirée qu'il lui avait promise. Elle va de nouveau me le reprocher, ce qui ne contribuera pas à assouplir des relations déjà par trop tendues. À qui la faute ?

Après le souper, Pierre est resté à lire dans le salon, tandis qu'en haut, la porte ouverte pour mieux sentir sa présence, je mettais la main à la correction des épreuves de mon dernier chapitre. Si Cormier parvient à obtenir l'imprimatur des autorités allemandes et surtout si celles-ci délivrent assez rapidement le papier qui semble faire défaut à Jean, il pourra faire son travail d'éditeur convenablement et je pourrai paraître en librairie avant l'été. Ensuite, c'est décidé, je pars me reposer quelque temps à la campagne. Pourquoi pas à l'étranger ? Depuis le temps que Pierre me presse de l'accompagner dans un de ses déplacements lointains...

13 février 1942

Une loi vient d'être publiée me dit-on, interdisant à la population juive de changer de nom. Que voilà une mesure tout autant absurde qu'humiliante ! Je ne sache pas que jusqu'à présent les familles juives se soient ruées dans les préfectures pour transformer les Goldenberg en Martin. De toute façon, la propagande antisémite ne nous a-t-elle pas maintes fois répété que le juif se reconnaissait très facilement par son apparence ? Nez crochu, regard fourbe, teint olivâtre, les mains toujours prêtes à saisir ce qui passe à leur portée... Est-on en train de convenir que cela n'est que de la mauvaise propagande ?

De toute façon, cette histoire de nom n'a aucun sens. Oui, je sais, si mon voisin s'appelle Moïse Goldenberg, il y a de fortes présomptions pour qu'il soit juif et il ne sera pas utile de lui demander de baisser son pantalon pour en avoir confirmation. Mais si mon voisin porte un nom alsacien ou lorrain ? On sera bien embêté, lui surtout s'il a l'inconscience de sortir sans un certificat de baptême en bonne et due forme simplement pour aller miser son tiercé.

Le fruitier de la rue des Batignolles, qui se nomme Kühner, a déjà eu à plusieurs reprises la visite des autorités alors même que sa famille est catholique depuis des générations.

Il me revient en mémoire un encart publicitaire dans le journal, *Le Matin* je crois bien, très peu de temps après la défaite : le célèbre lunetier Lissac, sans qu'il lui ait été demandé quoi que ce soit, s'empressait de faire savoir à tous qu'il n'était pas juif. Je ne me souviens pas de l'entrefilet en détails, mais très bien de la formule-choc : « Lissac n'est pas Isaac ». Sur le moment cela m'avait amusé. À bien y réfléchir, aujourd'hui, je comprends la précaution qu'a voulu prendre la maison Lissac, même si le procédé est quelque peu douteux.

15 février 1942

Pierre a passé la nuit dernière à la maison. Il s'est à nouveau querellé avec Catherine ; à propos d'un rien, m'a-t-il affirmé. Je crois plutôt que c'est notre projet de voyage en commun, pourtant à peine discuté l'autre soir, qui est l'origine de ce nouveau psychodrame. Aujourd'hui, déjà, ils auront certainement tout oublié, et leur réconciliation me privera sans doute, pour quelques jours, de sa présence. Je m'y suis habitué. Je ne m'y suis pas résigné.

La nuit dernière, il a connu un sommeil particulièrement agité. À plusieurs reprises, il s'est mis à parler en dormant, ce à quoi il ne m'avait pas accoutumé jusque là. Il s'était pourtant assoupi de bonne heure, juste après notre étreinte ; assis au bord du lit, tournant les pages avec d'infinies précautions pour ne pas le réveiller, je relisais *Les Frères Karamazov*. Fréquemment, j'ai dû interrompre ma lecture pour tenter de saisir quelques bribes des phrases qui lui échappaient, mais je n'ai rien pu en comprendre. Ce ne furent que des mots sans suite, sans signification apparente. Je ne saurais dire alors pourquoi cela m'a autant peiné. Peut-être parce qu'il m'apparaît de plus en plus que Pierre et moi ne parvenons plus à vraiment communiquer, que ce monologue impénétrable en a été un peu comme l'attristant symbole.

16 février 1942

Pierre a téléphoné pour m'annoncer qu'il va quitter Paris quelque temps. Son journal l'envoie à Riom couvrir le procès qui doit s'ouvrir incessamment. Je l'ai questionné pour tenter de savoir si Catherine l'accompagnera. Il n'a pas répondu. Il m'a parlé longuement, en revanche, du discours de Churchill annonçant à la BBC la chute de Singapour. Il m'a dit comme le bonhomme l'émeut, malgré ses grosses ficelles de comédien, lesquelles ne peuvent nous échapper. Mes conseils de prudence ne l'ont pas fait taire. Il ne croit pas que nous soyons d'assez gros gibiers pour que la police allemande cherche à surprendre nos conversations. Moi non plus en fait. Mais il ne veut pas croire non plus, et je ne partage pas cette fois son optimisme, qu'à la rédaction de son journal, d'où il me téléphone, des oreilles malveillantes puissent se transformer en bouches assassines. J'aime sa confiance, si parfois elle m'effraie un peu.

À peine avais-je raccroché que la concierge me monte une courte lettre de Léon. « Il y a des regards et des attitudes qui ne trompent pas », m'écrit-il ; il conclut en supposant qu'avec le temps « nous pourrons être de bons amis ». Comme si justement nous avions le temps ! Comme si son amitié pouvait me suffire ! Nous nous connaissons depuis si peu et, déjà, le malentendu s'installe entre nous.

17 février 1942

Depuis hier, Karl Heinrich Stülpnagel a été nommé commandant des troupes allemandes en France occupée. Un Stülpnagel chasse l'autre. Celui-ci, auquel je suis vaguement apparenté par ma grand-mère paternelle si je ne me trompe pas, a une tout autre allure que son cousin. Je ne l'ai pas vu récemment, mais à la fin des années vingt, quand je l'avais croisé à Baden-Baden, lors d'un bref séjour chez mon aïeule, il portait beau. Je me souviens avoir cru, la première fois que je l'avais croisé, il était alors en civil, qu'il s'agissait d'un acteur de cinéma américain tant il avait de prestance et d'allant. On m'avait vite détrompé et en effet, quand je le vis plus tard en uniforme bardé de médailles, je dus bien admettre qu'il était avant tout prussien.

Stülpnagel pour Stülpnagel, je ne sais même pas si je vais préférer celui-ci. Mes cousins éloignés casqués et bottés ne sont plus des individus que je fréquente depuis 1933. C'est une règle que je me suis imposée, et je n'en dévie pas.

J'ai beaucoup pensé à Catherine tous ces jours derniers. Pourtant, à y bien réfléchir, peu de femmes me sont autant étrangères. Physiquement, elle est assez séduisante, il me faut bien en convenir, mais sa beauté me semble par trop adolescente. C'est pour cela, précisément, que je ne veux pas prendre cette liaison au sérieux. Pierre essaye obstinément de la transformer en une relation solide, durable, dont la constance lui permettrait de se défaire sans crainte de moi. C'est du moins ce que j'imagine. Catherine n'accorde que peu d'importance à ce qui n'est pour elle sans doute qu'une aventure, somme toute plutôt agréable. Elle ne cesse d'ailleurs de le lui répéter, sans aucune méchanceté apparente, mais avec une sincérité blessante, qui ne peut pas lui échapper tout à fait. Une sincérité fort respectable par ailleurs. Leur liaison est déjà équivoque : il s'efforce de tout faire reposer sur elle, exactement comme je faisais autrefois avec lui, alors qu'elle, hélas, n'a pas ou ne veut pas avoir conscience de tout ce qui se fait autour d'elle, de l'importance de tout cela. Comme elle me l'avouait l'autre jour, si demain toute intimité devait cesser entre eux, elle n'en serait aucunement affectée. Simplement surprise et ennuyée quelque temps. Quelle chance est la sienne de

16

ne pouvoir souffrir d'amour ! Cette confidence me serait une raison supplémentaire — si j'avais besoin d'en trouver encore — de demeurer patiemment auprès de lui : Pierre a encore besoin de moi, même s'il veut nous persuader du contraire.

20 février 1942

J'ai été hier soir écouter Léon. Il débutait au Petit Marinier, l'ancien Black Dog, débarrassé d'un nom qui fleurait par trop l'Albion nécessairement perfide. Pierre m'accompagnait. Il était d'humeur morose parce qu'il ne part plus pour Riom comme il en avait été question tout récemment. On lui a préféré Sardenne, celui-ci ayant des appuis à Vichy et fréquentant depuis longtemps la petite coterie qui s'est formée autour de Luchaire. On prétend même qu'il aurait partagé un moment le lit de sa fille Corinne. Corinne, que l'on m'a dit rencontrer souvent au Shéhérazade en compagnie de beaux officiers de la Luftwaffe. Je me suis réjoui, sans en rien laisser deviner à Pierre, d'un changement qui permet de le garder à Paris, près de moi. En effet, je n'aurais pu l'accompagner s'il en avait jamais émis le souhait : une partie des épreuves corrigées de mon roman se sont étrangement égarées entre le bureau de Cormier et l'imprimerie. Il m'est difficile de ne pas y voir quelque malveillance. Mais tout aussi difficile de savoir d'où vient le coup, les deux extrêmes dans la Vieille Maison ayant adopté à mon égard une attitude d'expectative, sinon de méfiance, qui rend toute supposition hasardeuse. Voudrait-on me voir précipiter mon choix qu'on ne s'y prendrait pas plus mal. Cela m'oblige, en tout cas, à réécrire tout le début du quatrième chapitre, celui qui m'avait tant coûté d'efforts. Au milieu de ce désastre, la soirée d'hier a été comme un intermède apaisant : les deux êtres que j'aime, réunis à la même table après le tour de chant de Léon... Pierre a su, l'alcool aidant, ravaler son amertume. Léon était désirable, comme toujours. Nous l'avons raccompagné chez lui, j'ai préféré ne pas lui proposer de partager notre intimité après sa lettre toute récente et Pierre est venu seul passer la nuit rue Bridaine.

Sitôt la porte fermée il s'est jeté sur moi, nous nous sommes rapidement retrouvés nus et haletants de désir. Cette fois Pierre a pris toutes les initiatives. D'ordinaire c'est mon rôle et je sais comment lui faire perdre tout sens des réalités quand nous sommes au lit.

Est-ce parce que tout avait été trop parfait dans le mélange de nos corps, que la jouissance avait été trop intense, qu'il m'a cherché querelle au matin, à peine étions-nous éveillés ? Il a su, une nouvelle fois, trouver les mots qui blessent, les expressions qui meurtrissent. Je n'ai pas été capable de calmer la tempête. Nous avons encore donné dans le plus outré des mélodrames. Quand, maladroitement, je l'ai menacé de commettre quelque folie, il est sorti en claquant la porte. « Je m'en fiche » a-t-il eu le temps de me lancer avant que l'escalier ne fasse disparaître sa silhouette. « Je m'en fiche ». Facile à dire et si pénible à entendre. Si je pouvais être sûr qu'il le pense vraiment, cela pourrait être si simple. Mourir ne me fait pas peur, mais je ne voudrais pas commettre une erreur d'appréciation en choisissant la fuite. Et dans le même temps, je ne peux rester plus longtemps auprès de lui que s'il en manifeste l'envie. J'espère qu'il l'a compris et qu'il agira en conséquence.

21 février 1942

Le froid glacé semble décidé à maintenir sa chape sur Paris. « Il prend exemple sur d'autres calamités », plaisantait hier Valentin, que j'avais croisé alors que je m'apprêtais à quitter le théâtre. Nous sommes allés ensemble au petit café du coin consommer un quelconque ersatz, histoire de nous réchauffer un peu. Nous ne nous étions pas revus depuis Bordeaux, en juin

1940, depuis cette chambre miteuse, dans cet hôtel douteux, que nous avions dû partager faute d'un logement plus confortable disponible dans la ville prise d'assaut. Harcelés par les punaises, nous avions occupé une bonne partie de la nuit à bavarder. Il n'a jamais été à proprement parler question d'amitié entre Valentin et moi. Simplement, nous nous estimons l'un l'autre et prenons toujours le même plaisir à nous retrouver. À Bordeaux, pendant cette nuit d'insomnie où la vermine avait fait office de caféine, il avait caressé le projet, dès qu'il nous serait possible de regagner Paris, de remonter une de mes pièces. Il avait pensé à *Cœurs Ennemis* ; il y voyait sans doute l'opportunité d'offrir un rôle de choix à sa compagne du moment. Il était incorrigible. Par commodité, Valentin ne fréquentait que des actrices. Elles le quittaient quand les rôles offerts ne leur semblaient plus assez nombreux et prestigieux. Je n'avais pas rejeté sa proposition ; *Cœurs Ennemis* avait été l'une de mes premières pièces jouées sur une scène parisienne et c'était à l'occasion de la générale que Pierre m'avait été présenté. Elle était depuis, pour cette unique raison, ma pièce fétiche. De toute façon, l'enthousiasme de Valentin était tel, lorsqu'il parlait théâtre, qu'aucun auteur n'aurait pu lui refuser un texte. Il était le seul acteur et metteur en scène pour qui j'aurais consenti à travailler sur commande. Il ne l'ignorait pas, mais il avait toujours veillé à ne pas en abuser. Grand comédien, mais avant tout grande âme, tel m'était toujours apparu Valentin.

Ces dernières années ne l'avaient pas beaucoup changé. L'épais manteau de fourrure, qui permettait jadis de le reconnaître de loin, avait pourtant, signe des temps, fait place à quelque veston plus élimé, le protégeant à peine de la neige tombant encore par intermittences ; nous avions tous dû consentir à quelques sacrifices de ce genre. Il avait pourtant conservé sa façon de rire de tout, et je dus même lui recommander de parler un peu moins fort, craignant que son irrévérencieux parallèle entre la mauvaise saison et l'armée d'occupation ne parvienne à quelques oreilles malintentionnées. « L'ennemi guette vos confidences », avaient proclamé en leur temps les affiches gouvernementales ; j'avais retenu la leçon : depuis qu'il m'avait été donné d'apercevoir le premier uniforme vert-de-gris, j'avais opté en toute occasion pour la plus extrême prudence.

Tout en cheminant de conserve, une fois l'horrible mixture avalée, nous avons repris une de nos éternelles disputes sur le théâtre. Du théâtre, nous sommes tout naturellement passés aux actrices. Je ne me souviens plus qui, de Valentin ou de moi, a commencé à parler de Catherine. Il semble tout connaître de sa liaison avec Pierre. Les coulisses des théâtres, je l'ai autrefois appris à mes dépens, ne savent garder aucun secret. Il m'a parlé longuement d'elle. Il l'a connue très jeune, alors qu'elle débutait dans le métier sous les auspices d'un vieux banquier, à moitié illettré, dont le portefeuille généreux palliait avantageusement les défauts de culture. « Les débuts classiques d'une comédienne sans talent particulier », a conclu Valentin, avec la fermeté qui le caractérise pour donner à ses formules des allures de sentence irrévocables. Je me suis surpris à prendre la défense de Catherine, à lui trouver des qualités de jeu. « Vous confondez le talent et l'habileté » m'a repris doucement Valentin. Il avait assurément compris que les circonstances atténuantes que je m'efforçais de faire attribuer à Catherine n'avaient pour autre but, dans mon esprit, que de justifier le choix qu'avait fait Pierre. « Mais je crois, comme vous, qu'il est dommage qu'elle se trouve embarquée dans cette liaison », me concéda-t-il. « Elle a trop de scrupules pour tirer son épingle du jeu », ai-je hasardé, profitant de la brèche qui me semblait ouverte dans son jugement. « Vous vous trompez encore, osa-t-il avec un sourire doucement moqueur, je crois plutôt qu'elle a trop de suffisance pour s'occuper d'un autre qu'elle-même ; là où vous craignez une issue tragique à la Racine, je devine que se prépare, tout au plus, un affreux drame à la

Hugo ». La moue qu'il esquissa en évoquant ce pauvre Hugo me fit souvenir que je n'avais jamais été capable de lui faire réviser son jugement sur le théâtre du grand homme. « Trop de poison, de trop longues agonies », m'avait-il jeté une fois. Tout juste m'avait-il accordé que *Ruy Blas* était une pièce « somme toute intéressante ». Ce qui, dans la bouche de Valentin, sonnait en réalité comme une condamnation.

Il m'a quitté aux abords de la NRF, où il était attendu. Il a bien insisté pour que je l'accompagne dans l'antre de la rue Sébastien-Bottin, mais j'ai prétexté un rendez-vous. Pas envie de tomber sur Drieu ! Ses écrits me séduisent toujours, l'homme m'intrigue encore davantage, mais sa conversation m'ennuie de plus en plus. Je suis rentré à pied rue Bridaine, la tête encore toute pleine de ce que m'avait dit Valentin, dont les avis, si tranchés qu'ils aient toujours été, ne m'ont jamais laissé indifférent. Ainsi donc, entre Pierre et Catherine, cela ne saurait se terminer que de façon dramatique ? En intervenant, je pourrais peut-être donner plus de panache à cette fin. Il est vrai qu'on ne m'a rien demandé. Mais puis-je rester simple observateur ? Peut-être est-il déjà trop tard ? Pierre cherche à se prouver quelque chose à lui-même ; je soupçonne fort que, pour lui, ce soit maintenant ou jamais. Il voudrait pouvoir se regarder sans rougir dans la glace. Comme si l'image que je lui renvoie n'était pas assez éloquente ! Pourquoi ne suffis-je pas à ceux que j'aime ?

22 février 1942

Pierre est un être tel que, malgré tout mon orgueil, ma résolution proclamée de rester drapé dans ma dignité, je sais que je ne pourrais faire autrement que de me mettre à genoux une fois de plus. Je n'en aurais même pas honte. L'écho de ce que je lisais l'autre soir, assis auprès de Pierre endormi : « N'ayez pas tant honte de vous-même, car tout le mal vient de là ». Il me semble que son amour vaut tous les sacrifices, même celui de mon orgueil. Qu'on ne vienne pas me détromper, je ne saurais sur ce sujet admettre que je peux faire erreur. Je vais me mettre à genoux, c'est ainsi. La seule chose dont j'ai peur, affreusement peur, c'est qu'il ne me relève pas. Le petit ver de terre amoureux de l'étoile, c'est tout à fait ça ; Valentin avait raison, même si cela n'est pas vrai que de la relation entre Pierre et Catherine.

Valentin, justement, m'a téléphoné pour me dire tout le plaisir qu'il a eu à me revoir. Il m'a invité à dîner un soir prochain : « Vous feriez plaisir à Sarah ». Je lui ai promis d'y penser quand j'en aurai terminé avec mon livre. Cela devrait m'occuper encore quelques jours.

Pierre n'a pas donné signe de vie depuis notre dernière dispute. Son téléphone ne répond pas. J'ai vainement frappé cette après-midi à la porte de Catherine.

23 février 1942

Les querelles avec Pierre me laissent toujours défait, incapable de m'atteler à quelque tâche que ce soit. Il en a toujours été ainsi, depuis la première fois où nous nous sommes emportés l'un contre l'autre. C'était à l'été de 1937, quelques mois après que nous avons été présentés l'un à l'autre, lorsque nous avions pu, ensemble, partir pour un petit voyage dans les Balkans. Pierre avait obtenu de son rédacteur en chef qu'il lui confiât une série de reportages sur le petit royaume hellénique ; j'avais, pour ma part, essayé de convaincre Jean qu'un tel voyage m'était nécessaire pour écrire un essai sur les tragédies d'Eschyle. L'éditeur prudent qu'il est avait renâclé un peu devant la dépense, pour finalement céder devant la menace, rapidement brandie, d'aller placer mon futur manuscrit dans une autre maison. Jean savait que Gallimard aurait eu plaisir à me compter parmi ses écrivains ; il connaissait mes liens d'amitié avec beaucoup des auteurs de son principal concurrent et s'en inquiétait souvent ; il avait donc finalement consenti à ouvrir largement sa bourse, sans être dupe de mon prétexte littéraire : à mon retour, il ne m'avait jamais reparlé de l'essai que j'avais prétendu vouloir écrire ; ironiquement, à quelque temps de là, il m'avait offert une édition rare d'Eschyle ! Une fois de plus, il avait été beau joueur. C'est une des raisons qui me retenait chez lui, malgré les propositions plus alléchantes qu'on me faisait ailleurs.

J'avais pu ainsi profiter, sans le moindre ombrage, de cet été grec. Pierre, à l'étape du soir, dans de gros carnets recouverts de cuir noir — il n'en tolérait d'aucune autre sorte et en avait fait provision avant le départ — prenait une infinité de notes dont, à intervalles réguliers, il tirait un article que nous télégraphions des grandes villes traversées. Comme on ne plaisantait pas avec le travail à la rédaction de *Je suis partout*, je dus plusieurs fois lui venir en aide pour lui permettre de boucler à temps l'article réclamé depuis Paris. Il m'est même arrivé, au cours de ce périple, de rédiger entièrement, en manière de jeu, un papier sur la jeunesse hellénique des années trente, sans interroger le moindre jeune Grec, en inventant tout le contenu. Pierre l'avait signé de son nom. Ce qui n'était qu'une pure plaisanterie de potache fut publié en première page du quotidien comme le reportage exceptionnel du correspondant spécial à Athènes. Pierre n'avait pas osé avouer la supercherie à notre retour. Le sujet, entre nous, était resté une mine de plaisanteries. C'était peu de temps après la rédaction de cet article, digne d'un nouvel Aghaton, que nous eûmes notre première altercation.

Nous avions cheminé toute une après-midi dans les ruines brûlantes de Delphes, sanctuaire vibrant encore, pour nous, des accents de l'oracle pythien. Je n'ai pas étudié l'histoire antique pour qu'il ne m'en reste rien. Cela avait été un moment privilégié, un de ces moments trop rares où les pierres, le ciel, la nature tout entière semble vouloir vous dire, à vous qui hésitez pourtant à le croire, que tout est désormais devenu possible. Pierre à mes côtés, j'avais gravi la colline jusqu'au stade. Nous étions restés longtemps au sommet, protégés des ardeurs du soleil par des figuiers ombreux. Nos torses et nos jambes nus, nous ne souffrions pourtant pas trop de la chaleur grâce à un léger souffle de vent. Nous avions déjeuné de quelques olives et de fromages, comme jadis les Anciens, nous contentant, pour toute boisson, d'une eau fraîche que nous avions pris la précaution, avant notre ascension, de puiser à la source Castalie. Boire de l'eau sacrée lors d'un pique-nique improvisé, c'était presque du snobisme. Je m'étais ensuite assoupi, la tête reposant sur les cuisses de mon compagnon. Les yeux mi-clos je regardais un phasme se perdre dans les poils des jambes de Pierre, sans que ce dernier y prêtât la moindre attention. Il y cherchait sans doute un refuge contre le soleil implacable qui nous écrasait. Cette journée avait comme des allures de bonheur ; nous ne nous doutions pas qu'un orage s'amoncelait au-dessus de nos têtes. Pour éclater, il avait attendu que nous soyons redescendus dans la plaine d'Itéa où nous avions trouvé un gîte pour la nuit dans une petite auberge qui ne payait pas de mine, mais dont l'hôtesse savait faire preuve d'une particulière amabilité à l'égard de ses clients de passage. Il faut dire qu'ils n'étaient pas légion.

Là, dans cette chambre qui donnait sur un jardin verdoyant, nous eûmes notre première déchirure. Nous nous étions heurtés avec violence, avec fureur presque, pendant des heures qui me semblèrent des siècles. Lorsqu'au petit matin, apaisés enfin, nous avions sombré dans le sommeil, à peine dévêtus, j'avais ressenti pour la première fois la douleur de l'attachement. J'avais appris, par la souffrance, que Pierre était l'Unique. Qu'il serait l'Unique. Nous n'avons jamais reparlé d'Itéa depuis lors. Toujours, entre nous, cette pudeur des sentiments contre laquelle je lutte en vain. Nous avons depuis connu d'autres orages, que je n'ai jamais pu essuyer sans tourment, alors que Pierre, au contraire, semble les traverser sans le moindre dommage. Il y a en lui de l'inaltérable, du moins en apparence.

En attendant, je ne cesse de penser à lui, d'espérer qu'il me fera signe. J'ai voulu lire un peu, pour tromper mon attente, mais le pamphlet de Céline que j'avais sous la main m'a vite écœuré. Il n'y a pas de noblesse à être antisémite. Or il faut de la noblesse pour être un bon écrivain. Où est passé le génial auteur du *Voyage* ? Il a beau m'adresser son livre avec le plus sympathique des envois, je ne parviens pas à en dépasser les premières pages. Je me suis alors replongé dans Dostoïevski, chez qui presque chaque phrase me renvoie à Pierre : « si je ne suis pas venu, c'est la faute de mon amour-propre, de mon égoïsme... ». J'ai la tête trop pleine de lui pour me consacrer à autre chose. J'ai donc finalement renoncé à toute lecture pour écrire dans ce carnet, ce qui me permet au moins de parler de lui en toute franchise. S'il n'y avait pas ce fâcheux couvre-feu, je crois que je serais sorti marcher un long moment, en dépit du froid. D'autant plus qu'il ne peut pas faire tellement plus froid dehors que rue Bridaine, puisqu'il n'y a plus moyen de trouver de charbon en ce moment. *Verdamte Winter!* Maudit hiver !

24 février 1942

J'ai perdu une bonne partie de la matinée à rédiger une réponse à l'enquête que m'a adressée le responsable littéraire de *La Gerbe*. C'est un ambitieux projet que le sien, celui d'interroger les « cent plus illustres écrivains de notre temps » sur leurs goûts en matière de littérature. Il est flatteur de faire partie de la sélection. Mais il n'y a qu'un journaliste pour continuer d'ignorer que rien n'est plus insupportable qu'un écrivain parlant d'un autre écrivain. J'avais commencé par répondre tout à fait honnêtement, puis j'ai tout déchiré : nous vivons une époque où la probité n'est pas payante, alors je peux m'offrir le luxe d'un peu de fantaisie. La deuxième mouture me plaît infiniment plus. Je n'ai pas forcé mes attachements, mais je n'ai toléré dans mon panthéon personnel que des auteurs qui ont aussi la faveur de Pierre. Clin d'œil qu'il ne saurait manquer de voir quand il lira l'article. J'ai placé André en tête, bien évidemment, même si je n'ose croire que cela lui fera plaisir que je parle de lui, si d'aventure il lui est donné de me lire. N'est-ce pas Valentin qui me disait l'avoir croisé récemment au détour d'une rue de Nice, toujours aussi alerte ? Puis j'ai cité Rimbaud, le Rimbaud d'*Une Saison en enfer*, quoique Pierre m'ait toujours paru beaucoup plus fasciné par le poète que par l'œuvre proprement dite. C'est à Rimbaud, même s'il n'ose l'avouer, qu'il doit en grande partie sa fièvre de voyager. Il est une espèce de Rimbaud désincarné, un Rimbaud stérile, qui garde par-devers soi toute sa production poétique. Par facilité ou par indifférence, Pierre n'a consenti jusqu'à présent qu'à une œuvre de tâcheron. Il vaut bien mieux que tout cela, j'incline à le croire. Même la révolte de Rimbaud est en lui. Pleinement. Aussi cruelle et désespérée. Mais jamais elle n'affleure en public. Je suis cependant le seul à le deviner, le seul qui ne le raille pas lorsque, avec les envolées prophétiques dont il est coutumier, il se décrit agonisant dans le port de Marseille, la jambe gangrénée, retour d'Abyssinie. Je n'aime pas l'entendre parler de sa mort, même en manière de plaisanterie. « Quand je ne serai plus, m'a-t-il maintes fois répété, tu auras pour mission de me raconter. J'ai le génie et tu as la puissance de travail. Nous nous complétons à merveille ». Bien sûr qu'il ne s'agit de sa part que d'une boutade, mais la forfanterie, chez lui, est toujours excessivement sombre. Comme celle du condamné à mort qui, dans une ultime pitrerie, fait un pied de nez à la guillotine. Je veux bien croire que la poésie à venir passera nécessairement par lui, mais à condition qu'il s'en donne la peine. Il est des choses que je ne saurais dire à sa place : ce n'est pas parce que je le comprends que je suis en mesure de l'expliquer.

J'ai bien sûr omis toutes ces digressions dans mon courrier à *La Gerbe*. J'ai donc évoqué André et Rimbaud ; puis de multiples autres noms, tant il me paraît que, Pierre et moi, avons subi, subissons encore de fort nombreuses influences, parfois contradictoires nous en convenons aisément, mais ne sommes-nous pas, nous-mêmes, rien d'autre que des tissus de contradictions, des parangons d'inconséquence ? Je laisse au brave journaliste de *La Gerbe* le soin de faire le tri dans ma liste qui, quoiqu'assez longue, ne prétende encore pas à l'exhaustivité. Je conçois sans difficulté qu'il ne puisse narguer les censeurs de la liste Otto avec autant de légèreté que j'ai cru pouvoir m'en autoriser. Mais enfin, pouvais-je faire autrement qu'avouer que Pierre et moi nous sentions à la fois les débiteurs de Giono, Dostoïevski Apollinaire, Martin du Gard, Flaubert, Thomas Mann, Dos Passos, Shakespeare, Pétrone, Nizan, Darien, Stendhal, Vallès, et de tant d'autres ? Je me contrefiche de savoir s'il est parmi eux des Juifs, des Britanniques ou des antinazis. Si j'ai placé à leurs côtés les noms de Drieu, de Céline, de Jünger ou de Salomon, ce n'est pas pour flatter l'occupant, mais parce que j'ai pris plaisir à les lire, à fréquenter certains d'entre eux. J'ai à

32

maintes reprises dîné avec Salomon lors de ses séjours parisiens, avec toujours un plaisir non dissimulé, tant sa conversation est envoûtante. Je n'ai pas le dessein de renier mes passions d'hier à l'éclairage des compromissions d'aujourd'hui. J'ai déjà noté dans ce carnet tout le dégoût que m'inspire le dernier écrit de Céline ; mais il demeure un des écrivains que j'aime, envers et contre tout. Et le bonhomme me reste sympathique malgré tout.

J'ai reçu également, au courrier, une longue lettre de Paul, à qui la maladie semble octroyer quelque répit. Il ne se plaint pas ; le récit de ses démêlés avec les praticiens provinciaux est par endroits digne de certaines bonnes pages de Jarry. Jarry, encore un nom à rajouter à ma liste pour *La Gerbe* !

25 février 1942

Pierre répond enfin au téléphone.

26 février 1942

J'étais invité à dîner, l'autre soir, chez F-L. Nous ne formions qu'un petit comité, ce qui n'était pas pour me déplaire. Les grands groupes ont pour effet de me rendre totalement silencieux ou, encore pire, ennuyeux. Il y avait là, notamment, un jeune professeur de philosophie à la conversation charmante, ce qui est rare d'ordinaire chez les disciples de Socrate, comme j'ai pu souvent le constater. J'ai eu plaisir, surtout, à retrouver Ernst, fort chaleureux comme à son habitude. Nous avons évoqué quelques souvenirs d'avant-guerre, mon séjour à Kirchhorst tout particulièrement, où j'avais commencé d'écrire mon essai sur le suicide qui devait paraître l'année suivante, par un étrange concours de circonstances le jour même de la signature des accords de Munich. Ernst m'avait dit, en son temps, tout le bien qu'il pensait de cet essai. J'ai été très surpris de l'entendre en parler encore longuement, lui qui d'ordinaire n'aime guère à parler littérature, hormis en tête-à-tête. Le jeune professeur — je ne parviens pas à me souvenir de son nom —, spécialiste de Sénèque, s'est montré très curieux de mon ouvrage, et j'ai dû promettre de lui en envoyer bientôt un exemplaire, le sachant depuis longtemps épuisé en librairie. J'ai plusieurs fois représenté à Jean combien il me semblait fâcheux de ne pas faire l'effort d'une nouvelle édition. Il a toujours refusé d'y consentir, arguant des difficultés de l'époque pour ne pas ennuyer le public avec des sujets « aussi désespérants ». F-L., à qui je conte précisément l'une de mes entrevues avec Jean, convient que l'argumentation de ce dernier a toujours été des plus affligeantes. « Il y a du boutiquier en lui », conclut Ernst qui, de par son statut d'étranger, s'autorise à porter sur les Français des jugements définitifs. Tout le monde sait cependant qu'Ernst a ses entrées chez Gallimard, et qu'il peut difficilement ménager, ne serait-ce qu'en paroles, un concurrent du vieux Gaston.

Le dîner servi, quoique fort simple, m'a frappé tant il était copieux. Il est certains des mets dont j'avais perdu le goût depuis deux ans. F-L. s'amuse de mon étonnement, partagé d'ailleurs par les autres convives. « Il est bon d'avoir quelques amis », a expliqué simplement notre hôte. À mon intention, il a ajouté : « pour nous qui vivons de notre plume, il importe aujourd'hui de choisir avec soin dans quel encrier nous la trempons ». Je n'ai pas su quoi répondre, tant l'invite, cette fois encore, me paraissait trop grossière. Pierre m'avait déjà fait part, à plusieurs reprises, des propositions de son journal. Le journaliste de *La Gerbe*, en m'adressant son enquête, l'autre jour, avait terminé sa lettre en regrettant de ne pas me compter au nombre des collaborateurs de son quotidien. Et, si je prends soin d'éviter Drieu depuis quelque temps, c'est que je sais, par des amis communs, qu'il ne désespère pas de s'attacher ma plume : mon encrier, justement, est déjà préparé à la nouvelle NRF. Ernst, réalisant le malaise que venait de provoquer F-L., m'a tiré habilement de ce mauvais pas en détournant abruptement la conversation sur l'étrange mappemonde fixée au mur de la pièce où nous avons dîné, avec une telle fermeté que F-L. n'a osé poursuivre mon siège au risque de paraître impoli à l'égard son hôte étranger. Mes derniers retranchements ont tenu suffisamment, cette fois encore. F-L. a eu la courtoisie de ne pas revenir sur le sujet au cours de la soirée. Il n'empêche, et j'en suis le premier conscient, que cela ne règle rien. Depuis bientôt deux ans, je m'interdis de signer quelque article que ce soit, dans quelque journal que ce soit. C'est ma façon à moi de protester contre l'occupant. Je me suis aussi, dans les premiers temps, interdit de publier. Mais deux ans sans paraître, c'était trop. Jean a su me persuader que mon nom ne pouvait pas être absent plus longtemps des rayons de librairie. *Les Angoisses d'un Barbare* sont enfin sous presse à l'heure qu'il est. J'en suis presque soulagé. Guerre ou pas guerre, occupation ou pas occupation, le roman français doit continuer à paraître s'il ne veut pas risquer de disparaître. Qu'on ne vienne pas me dire que mes romans servent la cause nazie, je ne suis pas Céline ou Rebatet ! Mais recommencer à écrire dans un journal, ce n'est pas aussi simple. C'est nécessairement devoir un jour ou l'autre se frotter à la réalité actuelle. Pierre, lui, n'a pas eu ses scrupules. Il n'a pas un seul instant cessé sa collaboration à *Je suis partout*. Quand certains, qui se prétendent de nos amis, lui en ont fait le reproche, il n'a même pas pris la peine de se justifier. C'est moi qui ai cherché à leur remontrer combien la participation de Pierre à ce journal était inoffensive, puisqu'il n'y avait jamais donné le moindre article politique. « Mais enfin, tout est politique aujourd'hui ! » s'était emporté Alain et, comme j'avais voulu répliquer à nouveau, tant il m'était insupportable que Pierre pût être attaqué devant moi, il avait ajouté : « de toute façon, toi, tu ne peux pas comprendre, puisque tu es à moitié allemand ». Alain n'avait plus remis les pieds rue Bridaine depuis ce jour-là. Je m'en félicitais.

F-L. n'a peut-être pas été élégant, mais il a assurément raison. Les doutes, les scrupules ne sont plus de mise. Pierre l'a compris tout de suite ou ne s'est même pas posé la question. Je commence à admettre combien il me serait agréable de retrouver une tribune régulière. Puisqu'on me demande un peu partout, je préfère me dire que je serai en bonne position lorsqu'il s'agira de conclure le marché. Je n'ai qu'à attendre encore un peu, cela se décidera j'en suis convaincu sans que j'aie à solliciter qui que ce soit.

Le dîner s'étant prolongé bien après le couvre-feu, F-L. m'a invité, ainsi que les autres convives, à rester dormir avenue Foch, où des chambres étaient mises à notre disposition. Ernst, une fois de plus, est venu à mon secours, alléguant de sa position privilégiée pour proposer de me raccompagner. Il avait bien compris que je ne souhaitais pas risquer de reprendre avec F-L la discussion inachevée.

Malgré le froid toujours aussi intense, nous avons marché, empruntant l'avenue de Wagram et le boulevard de Courcelles. Juste avant la place Clichy, nous avons obliqué rue des Batignolles. J'ai proposé à Ernst de monter prendre un dernier verre, mais arguant de l'heure tardive il a aussitôt pris congé, non sans que je lui aie fait promettre de repasser à l'occasion rue Bridaine. « Je viendrais en civil, a-t-il précisé en souriant, je ne voudrais pas effrayer votre concierge ! »

Je crois qu'il a été un peu surpris par mon mutisme, tandis que nous traversions Paris endormie. Il a certainement pensé que je réfléchissais encore aux propos de F-L., alors que j'étais à des lieux de là. Ce retour, à pied, de nuit, pour la première fois depuis longtemps puisqu'il m'a évidemment été impossible d'obtenir le moindre Ausweiß, m'a fait souvenir combien Pierre aimait à se promener jadis ainsi, au cœur de la nuit. Chez Pierre, les promenades nocturnes étaient principalement, je devrais dire essentiellement, la réponse à un état de crise. Dès qu'il se trouvait confronté à un problème qui le dépassait, dès qu'il avait besoin de réfléchir un peu sérieusement — quoique ce dernier mot soit à bannir pour qui voudrait comprendre Pierre — il se tournait vers une solution dynamique, généralement nocturne, même si tout récemment, en raison des circonstances imposées, il s'est hasardé exceptionnellement à la version diurne. J'ai eu, il y a quelques années, le malheureux privilège d'assister à une de ces escapades sinistres, voire malsaines, et même d'y jouer un petit rôle, que je ne regrette pas, car il m'a été donné ainsi de beaucoup apprendre sur Pierre. Je ne sais pas si l'itinéraire que nous avions parcouru ce soir-là était son itinéraire favori ou s'il avait innové pour moi. Ce que je sais, c'est que ce besoin impérieux de marcher, de refaire inlassablement le même chemin sans dire un seul mot ne m'avait pas paru le moins du monde ridicule. Mais désespérant. La traduction dynamique des moments de crise me paraît toutefois inévitable chez un être au si fort bouillonnement intérieur. C'est une de ses façons violentes de réagir. Il en est bien d'autres chez Pierre. Il me faudra en reparler.

27 février 1942

« Savez-vous, Karamazov, que notre explication ressemble à une déclaration d'amour, insinua Kolia d'une voix faible et comme honteuse. N'est-ce pas ridicule ?

— Pas du tout, et même si c'était ridicule, ça ne ferait rien, parce que c'est bien, affirma Aliocha avec un clair sourire ».

Dostoïevski, *Les Frères Karamazov.*

La Gerbe de ce matin publie ma réponse à son enquête littéraire ; ou, plutôt, publie sa version expurgée de ma réponse. Je n'ai même pas le courage de me fendre d'une lettre de protestation. Je choisis d'en rire. Quel travail cela a dû demander que de redonner des airs d'orthodoxie à une liste d'auteurs qui sentait autant le soufre ! On a dû me maudire à *La Gerbe*, mais on s'est décidé à me traiter encore avec indulgence. Par chance, André a échappé aux foudres inquisitoriales. Malgré le malentendu qui s'est installé entre nous depuis quelques années, je n'ai pu me défaire de l'admiration que j'ai toujours eue pour son œuvre, je n'ai pu me résoudre à le rejeter tout à fait même si, en son temps, j'ai écrit le concernant quelques formules assassines. On ne peut être déçu que par ceux que l'on a intensément aimés.

28 février 1942 ; 10 heures du matin

Il faut bien commencer par un bout. Pourquoi ces lignes ? Pour qui, devrais-je dire. Il est nécessaire que je les écrive. J'aurais pu, bien sûr, tout simplement les lui écrire, comme d'habitude... Mais voilà justement où réside le problème : cela devenait une habitude, et je ne sais pas aujourd'hui encore dans quelle mesure mon courrier le dérange ou lui plaît : il a choisi de ne pas répondre. Il n'y déroge jamais. Pour lui, c'est sans doute la meilleure solution : il sait ce que je pense, il me cache ce que lui pense. Alors qu'il ne peut pas ignorer à quel point cela m'est pénible.

Pourquoi ces lignes alors ? Pour dire le maximum, pour mettre mes idées au clair, si cela est encore possible, pour m'aider à supporter l'instant présent... Je crois qu'il faudra que je lui montre ces carnets un jour ou l'autre, à un moment où je me sentirai assez bien, suffisamment fort.

Il semblerait que je me pose trop de questions. C'est du moins ce qu'il m'a souvent répété. Le croit-il vraiment ? Le fait que je m'interroge prouve au moins qu'il est un sujet qui me préoccupe.

Finalement, tout le problème, à supposer d'ailleurs qu'il s'agisse d'un problème, vient de ce que j'ai pris conscience, ces derniers temps, d'une chose que jusque là je vivais sans analyser : j'ai pris conscience pleinement des liens qui m'unissaient à Pierre, les seuls dont je n'ai pas l'intention de chercher à me libérer.

Est-il possible d'expliquer Pierre et moi, ou plutôt moi par rapport à Pierre, puisque j'ignore presque tout de la réciproque ? Je voudrais y réussir afin que, si j'ai le courage de lui faire lire ces lignes, il comprenne enfin ce que je pense. Ce qu'il est pour moi, je pourrais simplement répondre tout, et cela pour moi est suffisamment éloquent, mais je vais m'efforcer à plus de précision. Depuis que l'on m'a mis au monde, je n'ai jamais rencontré quelqu'un avec qui je me suis senti aussi bien, avec qui je me sens tout simplement moi. Avant Pierre, je l'ai compris, j'étais seul. Évidemment, il y a toujours eu une foule de jeunes gens autour de moi, mais il serait ridicule de dire que j'ai eu de profondes relations avec eux ; j'ai essayé, bien souvent, mais ça a toujours été un gâchis formidable. Je connais de nouveau, en ce moment, avec Léon, cette difficulté à me lier qui a constamment été mienne.

Voilà que Pierre s'est introduit dans mon existence, ou moi dans la sienne, ce qui est à peu près la même chose. Je me souviens très mal des premiers jours passés ensemble, depuis le soir où Francis Forster nous avait présentés l'un à l'autre, à l'issue de la générale de *Cœurs Ennemis*. Ce que je sais en tout cas, et c'est cela qui est remarquable pour moi, c'est que je n'ai pas essayé de construire avec lui. Tout s'est fait naturellement. Nous avons couché ensemble dès ce premier soir. La rue Bridaine a retenti fort tard cette nuit-là des échos de cette découverte de nos corps. Pierre me parut très émouvant lorsqu'il se trouva nu devant moi, rapidement déshabillé, ne pouvant pas dissimuler l'envie qu'il avait réfrénée toute la soirée. Je me suis déshabillé à mon tour, lentement, lui laissant le loisir de regarder chaque élément de mon anatomie. Je n'ai jamais eu honte de montrer mon corps. Pierre a su l'apprécier et s'en rendre maître toute la nuit. Il était beau, à peine éclairé par le halo de la lune qui pénétrait dans la chambre par l'une des fenêtres, le torse luisant de sueur, le regard encore un peu hagard, son sexe retrouvant enfin le repos après ses multiples assauts.

Les jours suivants, il est revenu chaque soir rue Bridaine, sans même que j'aie eu à en manifester le désir. Il l'avait compris. Un beau jour, il est venu déposer une valise, a occupé quelques étagères dans l'armoire de la chambre, a négligemment oublié des livres et des revues un peu partout dans l'appartement. J'ai compris, sans qu'aucun mot ne soit précisément prononcé, que nous nous trouvions désormais unis. Cela m'est apparu comme tout à fait naturel. Une sorte de symbiose plus forte que notre volonté même. Depuis, j'ai enfin la sensation de vivre intensément, de vivre pleinement. Ce qui ne veut pas dire pour autant que je me sois mis à aimer la vie. Mais avec Pierre, je n'ai plus l'impression de la gâcher.

Je lui ai écrit un jour que je le considérais comme mon véritable frère. D'ailleurs, il semble me souvenir maintenant que c'est lui, le premier, qui m'a attribué ce qualificatif. Si je l'ai écrit, pour ma part, c'est parce que c'était devenu une évidence que je le ressentais ainsi. Donc, il me fallait le dire. Pierre est mon ami, mon frère et mon amant, par là j'entends qu'il est l'Unique. J'ai inlassablement cherché à lui faire dire qu'il éprouvait aussi la présence de cette unicité. Pourtant je sais que cela le met hors de lui, cette façon continuelle que j'ai de vouloir lui faire exprimer ce qu'il pense de moi, ce besoin qui est mien de connaître quelle place j'occupe dans son esprit et dans sa vie. Cette propension à l'aveu fait partie de mon caractère : il faut que je lui dise tout ; c'est compréhensible puisqu'il n'y a que Pierre à qui je peux dire, tout dire et toujours le dire. J'aimerais l'amener à avoir autant confiance en moi que j'ai confiance en lui.

J'aime Pierre. Il est la seule personne qui compte réellement pour moi, la seule avec qui me prend parfois encore l'envie d'entreprendre. Avec Léon, il s'agit de toute autre chose. La Grèce n'était imaginable qu'avec Pierre, et ce qui a compté pour moi, pendant ces semaines où nous avons voyagé côte à côte, c'était autant lui que la Grèce, une Grèce qu'il m'avait cependant tellement tardé de découvrir, dont je rêvais déjà tout petit, quand mon père me racontait l'Iliade à sa façon. C'était en réalité davantage Pierre que la Grèce. Il l'a bien compris d'ailleurs, même s'il n'en parle jamais.

C'est pour cela que j'ai envie de vivre fortement avec lui tous les moments présents, pour cela que je l'attends avec tant d'impatience les jours où il doit venir, que je frémis à la moindre sonnerie du téléphone ceux où il doit appeler. Jamais je ne me suis autant offert à un homme comme c'est le cas avec Pierre. Il m'a fait explorer les mille facettes de la sexualité, m'a fait découvrir des plaisirs dont je n'imaginais même pas l'existence, m'a souvent laissé au petit matin ivre de jouissance au point d'en trembler encore après son départ. Il a été le premier à qui je me suis donné passivement, avec délectation, sans la moindre réticence, alors que jusque là j'avais toujours refusé ce rôle.

Tout ce que j'espère désormais de la vie, c'est de Pierre que je l'espère. Voilà pourquoi j'ai une telle hantise de le perdre. Lui peut être rassuré, il sait très bien que ce ne sera pas moi qui m'en irais.

On pourra me trouver exclusif, c'est qu'alors on ne m'aura pas compris, ou qu'on ne se sera même pas efforcé de le faire. Ce à quoi je refuse que l'on touche, c'est à ces rapports privilégiés qui se sont établis entre nous, dont les gens du dehors aiment à dénoncer l'ambiguïté puisque nous avons soin d'éviter de trop les afficher en public, alors qu'ils ne m'ont jamais paru autrement que limpides pour qui sait vraiment regarder. À quoi bon compliquer les choses quand elles peuvent être aussi simples ? Pourquoi vouloir à tout prix qu'il y ait eu, de ma part ou de celle de Pierre, un calcul intéressé dans l'élan qui nous a précipités l'un vers l'autre ? Je ne me suis jamais demandé à quoi Pierre pouvait m'être utile. Cela m'indiffère. Lui aussi, je veux le croire.

28 février 1942 ; 14 heures

Aujourd'hui, c'est Pierre qui me téléphone. Sans le savoir, il a mis sens dessus dessous la rue Bridaine. Dans quelques heures, il sera là ; je ne sais plus ce qui domine en moi de l'impatience ou de l'inquiétude. Je sais trop ce que les revoirs peuvent avoir parfois de définitif. Si notre amour, cette fois, n'en sortait pas régénéré, triomphant ? Je m'efforce de ne pas y penser, alors que tout est toujours envisageable. J'espère cependant qu'il a compris, puisque c'est lui qui a pris l'initiative de cette rencontre. Si seulement Catherine avait eu raison, le soir où elle m'a affirmé que je n'étais pas un mystificateur, que c'était moi dont il était réellement épris. La réponse, je l'aurais sans doute tout à l'heure. Car il me faut une réponse, je ne pourrais la différer plus longtemps.

1ᵉʳ mars 1942

Une journée inoubliable, dont le souvenir éveille toujours en moi un plaisir non dissimulé. Ce fut un peu comme le triomphe de notre amour, mais je sens bien comme il est difficile de le faire transparaître dans ces carnets. Tout au plus puis-je m'efforcer de noter ici quelques épisodes de la journée, mais le compte-rendu ne peut qu'en être terne, sans véritable saveur. Même les bribes de conversation, en admettant que je retrouve les mots qui furent exactement prononcés, ne seront que significatives ; or, cette conversation, elle ne fut qu'émotion, sensualité, plaisir du dialogue enfin renoué.

Dans le métro, au retour de l'Exposition de la salle Wagram, alors que je lui demandais pourquoi il riait soudainement (oui, il riait !) sans raison apparente : « je pensais tout à l'heure que j'avais un compagnon, que je venais à lui. J'étais heureux de venir te rejoindre. »

Puis il y a eu, un peu plus tard, cette discussion qui était devenue nécessaire et que pourtant je redoutais. La rue Bridaine avait dû nous sembler trop étroite pour tant de mots à échanger ; nous sommes sortis. Nous avons marché jusqu'au parc Monceau, silencieusement d'abord, un peu pour essayer de nous débarrasser d'une certaine gêne ; sans doute avions-nous peur, déjà, de tout gâcher. Nous avons parlé enfin, longuement, sereinement. Pierre a cherché à savoir où j'en étais, si j'avais l'intention de bientôt m'engager. J'ai essayé de lui faire comprendre ce que j'écrivais ici il y a peu ; j'ai tenté de lui expliquer pourquoi je ne croyais pas à tout ce qui se faisait autour de nous, pourquoi je ne pouvais pas y croire : simplement parce que rien de ce qu'on ne me proposait, de quelque côté que cela vienne, n'entrait actuellement dans mon système général de pensée. Nous avons été vaincus par la puissance de l'armée allemande, de cela j'en suis fortement conscient. Il ne nous faut pas nous bercer encore de fallacieuses espérances. Mais il ne faut pas non plus offrir de pourboire avec l'addition. C'est cette dernière, et elle seule, que l'occupant est en droit d'exiger de nous. Pierre m'a écouté, attentif comme à son accoutumée, sans m'interrompre une seule fois pour me laisser plus facilement dérouler ma pensée ; puis, à son tour, il a pris la parole, m'expliquant alors que si, comme moi, il rejetait en bloc les deux camps, il ne pouvait se défaire d'une envie de participer aux événements. Il ne voulait pas se contenter du rôle d'observateur. Le hasard l'avait placé arbitrairement d'un bord. Il ne croyait pas au bon droit de celui-ci en particulier, mais il avait une tâche à accomplir puisqu'il s'y trouvait. « Toi, tu peux attendre encore, tu peux encore choisir... Car tu le sais, il te faudra quand même choisir ; nous ne sommes pas, toi et moi, de la race de ceux qui regardent et qui se taisent... ». Pierre croit donc que j'ai encore une complète liberté de décision. Ne sent-il pas que mon camp ne peut être que le sien ? Que mon refus de m'engager me placera immanquablement à ses côtés, pour le meilleur et jusqu'au pire ?

Question de Pierre : « Où aimerais-tu être en ce moment ? »

Moi : « dans quelque oasis africaine, avec André, comme au temps de notre amitié de jadis, quand il me demandait de l'accompagner en voyage. Ou à Delphes, avec toi, avant l'orage. »

Pierre : « moi, j'aimerais être dans une église, peu importe quelle église, pourvu qu'elle soit belle. J'ai besoin de beauté. D'une beauté qui soit insaisissable. »

Ce n'est qu'en fin de journée que nous avons véritablement parlé de nous deux. Il le fallait bien. Une fois rentrés rue Bridaine nous avons continué de deviser. Mais, de temps en temps, Pierre s'interrompait pour placer un disque sur le phonographe et m'obligeait à garder le silence. Le morceau achevé, nous reprenions à mi-voix la conversation un instant suspendue. Nous avons aussi parlé de Catherine, des gens qui l'entourent. Il reconnaît ne pas s'être méfié d'eux, admet que, cette fois encore, j'avais eu raison de le mettre en garde. Je lui ai fait lire le brouillon de la lettre que j'avais envoyée à Catherine sans qu'il en sache rien. Je lui ai montré la réponse qu'elle m'avait adressée. Il a lu en silence, l'air détaché ; je l'ai su qui souffrait. Il a froissé le papier, hésité un instant devant la pile de disques... Bach, la passacaille en do mineur... et sitôt le silence revenu : « tu es encore meilleur que je ne le pensais. »

Le soir, avant de monter se coucher, Pierre est resté longtemps seul, dans le petit salon du bas. Seul avec ses pensées, tout autant qu'avec l'article qu'il doit rédiger sur l'Expo qui s'est ouverte aujourd'hui, où nous fûmes justement ensemble. Lorsqu'il est venu à son tour s'allonger, après m'avoir lu son papier et avoir écouté en silence les corrections que j'ai suggérées, il m'a lancé : « j'ai besoin de toi ». Je n'ai pas su lui répondre sur le moment. Je ne sais pas répondre à temps. Nous avons, cette nuit-là, mélangé nos deux corps avec une sauvagerie plus forte que d'ordinaire, nos sexes sont restés longtemps bandés alors que chacun à notre tour nous nous donnions du plaisir sans aucune retenue. Plusieurs fois, nous nous sommes réveillés pour reprendre nos jeux, comme s'ils ne devaient jamais finir.

2 mars 1942

Je n'ai pas voulu parler hier, dans ce carnet, de l'exposition sur le Bolchevisme contre l'Europe. L'article de Pierre paraîtra demain. Il sait ce que j'en pense. J'exècre les Bolcheviks, et ce depuis fort longtemps. Je n'ai pas été de ceux qui ont cru à cette grande lueur à l'est ; lorsque certains de mes amis ont pensé devoir faire le pèlerinage de Moscou, j'en ai été considérablement affecté. Mais était-il besoin d'une mise en scène aussi ridicule pour convaincre les Français du danger communiste ? Je crains fort que les outrances de l'Exposition ne produisent les effets contraires de ceux escomptés. J'ai l'impression d'avoir inutilement gâché deux francs en payant l'entrée. Mais je n'y ai jamais rien entendu en propagande, se plaît toujours à me rappeler Pierre qui, cependant, sensible à mon argumentation, n'a fait qu'évoquer l'Exposition elle-même pour dresser plutôt, en moins d'une centaine de lignes, un réquisitoire implacable contre le bolchevisme. Je souscris pleinement à tout ce qu'il a écrit. Si d'aventure Staline devait reprendre l'offensive, ce qui semble compromis, l'Europe aurait de quoi s'inquiéter, et même les puissances alliées auraient tout à y perdre. Je doute que Roosevelt en ait conscience, persuadé comme il est d'avoir toujours raison et de faire les bons choix. Lindbergh avait été le premier, il y a quelques années, lors d'un de ses passages à Paris, à me conseiller de me méfier du personnage.

Pour revenir à Pierre, nous avons eu ce soir une nouvelle longue discussion, passionnante encore, interrompue seulement par le dîner. J'ai eu le soulagement de constater que nous venions sans doute de sortir de la période de crise. Et j'ai la folie de penser que nous avons nettement progressé ensemble dans la même direction cette fois.

Pierre s'est appliqué à me faire comprendre la nature de ses relations avec Catherine. Il se dit amoureux fou, tout en considérant ces rapports comme une sorte de tentative amoureuse vouée par avance à l'échec. Il veut se prouver que la coexistence avec une femme lui est impossible ; il a choisi Catherine justement parce qu'il n'avait jamais désiré une femme avec autant de violence. Une tentative désespérée donc ; cela a quelque chose d'effrayant à y bien penser. Effrayante aussi la remarque qu'il fit, presque incidemment, que Catherine et moi étions faits l'un pour l'autre. Je ne suis pas encore sûr d'aimer suffisamment Léon, mais je sais ne pas aimer Catherine, et pas uniquement en raison de son sexe. Quelques femmes ont traversé ma vie, Pierre ne l'ignore pas, d'où sans doute son étrange affirmation. Si même cela devait jamais arriver, je m'efforcerais qu'il n'en paraisse rien. Catherine, c'est devenu le domaine privé de Pierre et je me refuserais toujours à avoir la moindre prétention sur elle. La question ne se pose nullement pour l'instant, mais il me semble que Pierre y pense plus qu'il n'est de raison.

Nous avons reparlé des amis de Catherine. Pierre est tombé d'accord avec moi sur la nécessité d'une attitude commune vis-à-vis de ces théâtreux. Il me suggère la solution radicale que j'espérais. Je souhaite que, sur ce point au moins, il sache résister aux tentatives de conciliation de Catherine, dont je n'ignore pas l'habileté démoniaque.

Cela faisait longtemps que nous n'avions pas abordé nos propres relations avec une telle sérénité. Il m'avoue avoir eu peur, il y a quelques semaines encore, peur de ne plus avoir la force d'assumer les exigences d'une passion dont il a soudainement éprouvé l'importance, alors que depuis longtemps déjà j'en avais pris conscience, que j'avais pu m'y habituer sans effort.

Les premières heures du matin perçant à travers les volets de la chambre nous surprirent en pleine conversation encore, aucun de nous deux n'ayant osé briser le fil renoué de ce bavardage amical. Fatigués pourtant, nous nous sommes résignés à nous étendre un peu. Dans les premiers méandres de son sommeil, la chair assouvie, je l'entendis encore murmurer : « je suis un voleur... un voleur d'âmes ».

4 mars 1942

« Je suis bien là... Je suis heureux ». Par l'expression à haute voix de son propre bonheur, Pierre me délivre enfin de tout scrupule : je n'osais pas me sentir heureux sans être sûr qu'il le fut également. Depuis que nous nous sommes retrouvés, nous vivons tous les deux dans une atmosphère d'insouciance et de sérénité que rien n'est encore venu troubler. Nous prenons pour cela toutes les précautions, quittant le moins possible l'abri de la rue Bridaine où nous dissimulons nos amours, sans répondre au téléphone, sans ouvrir le courrier, sans nous préoccuper des coups frappés à la porte.

Aujourd'hui, je me sentirai prêt à tout dire, à me livrer totalement, sans crainte des conséquences ; à parler à tous de notre amour, sans la moindre peur. Mais pourquoi précipiter les choses alors que le moment présent, si savoureux, est en lui-même tout vibrant d'avenir ?

Je sais cependant qu'il y a quelque indécence à parler aujourd'hui de mon bonheur, alors que les bombardements de cette nuit ont subitement plongé tant de familles dans la détresse. Le poste, seul lien entre nous et le dehors depuis quelques jours, parle de milliers de morts, des ouvriers français principalement, les Britanniques s'étant acharnés sur les usines Renault de Boulogne. Suis-je donc si égoïste lorsque je suis heureux ?

Valentin, au téléphone, en début de soirée, a réitéré son invitation ; j'ai accepté de me rendre chez lui demain soir, après la cérémonie à laquelle nous nous devons d'assister, lui et moi.

La sonnerie ayant réveillé Pierre, qui était monté se coucher de bonne heure, nous avons encore longuement parlé tous les deux, l'échange entre nous étant redevenu facile. De nouveau, comme cela n'était pas arrivé depuis des mois, nous avons échafaudé des projets, dont il nous importe peu qu'ils soient peut-être insensés. Pierre tenant absolument à partir comme correspondant sur le front est, je crois bien que je vais m'efforcer d'obtenir l'autorisation de l'accompagner. Il me suffit pour cela de frapper aux portes des bons bureaux, ceux d'où l'on me criera « *herein* » et où le nom de mon père servira de sésame. Ernst pourrait sans doute, si le nom que je porte venait à ne pas suffire, me faciliter des démarches que j'entrevois malgré tout fastidieuses. Au retour, nous prévoyons de nous refaire une santé : peut-être nous retirerons-nous un bon mois dans un quelconque chalet de montagne pour, loin de l'agitation parisienne, partager nos journées entre les lectures et l'écriture ; Megève est très à la mode en ce moment, paraît-il, c'est du moins ce que me disait récemment Danielle, croisée chez Porfirio. Peut-être aussi irons-nous rendre visite à Paul, dont la convalescence, pour longue qu'elle ait été, semble arriver enfin à son terme. Sa petite maison bretonne nous est toujours grande ouverte depuis que nous la connaissons. Il n'y a qu'avec Pierre que je supporte encore d'aller voir la mer ; il a seul la force d'exorciser mes vieux démons.

Comme j'étais resté encore un peu au salon, m'efforçant à trouver un quelconque intérêt au dernier livre de Cormier, pour lequel Jean me demande une préface que je vais devoir lui refuser, Pierre est redescendu. « J'ai encore besoin de te parler ». Le dialogue est devenu monologue. Je ne peux en noter ici les mots exacts, aussi vaudrait-il mieux n'en rien rapporter du tout. Pourtant, jamais Pierre ne s'est autant livré sans qu'il fût besoin de le contraindre. Jamais il n'a de cette façon cautionné l'idée que je me suis toujours faite de nos relations, de leur « réalité supérieure » ; c'est, je crois, l'expression même qu'il a employée. Mais suis-je vraiment soulagé de l'entendre enfin me demander d'être pour lui ce que je croyais être depuis longtemps déjà ?

Ce n'est que bien plus tard dans la nuit, dans la chaleur de ses bras, alors qu'il caressait mon corps tout entier livré, que j'éprouvais enfin un peu de quiétude.

5 mars 1942

La cérémonie de ce matin s'est déroulée sans incident. Jamais pourtant l'église de La Trinité n'avait contenu tant de haines refoulées, d'animosités rentrées, de jalousies étouffées. Le Tout-Paris littéraire n'avait pas voulu manquer l'enterrement de la mère du grand éditeur. Il fut peut-être le seul vraiment digne, raide dans son costume de deuil, comme absent. J'avais pris place sur le bas-côté, un peu en retrait. Valentin et sa femme, arrivés en retard, m'y avaient rejoint. À l'issue de la célébration, il fallut cependant serrer des mains. Fausse convivialité littéraire. J'ai joué le jeu, comme je sais si bien le faire, arborant mon plus hypocrite sourire, celui de telles occasions. J'ai même échangé quelques mots aux accents affectueux, ce dont Valentin devait me complimenter au dîner qui a suivi : « vous êtes passé maître dans l'art de la flatterie ; si je ne vous connaissais pas mieux, j'aurais pu vous croire sincère tout à l'heure ». J'ai pu éviter Sardenne, que je sais le plus implacable adversaire de Pierre, mais je n'ai pas serré que des mains amies. J'ai à peine eu le temps de saluer Marcel, enlevé presque aussitôt par Drieu. J'ai fait signe à Alain, mais il a feint de ne pas me remarquer, et j'en ai conçu quelque affliction. « Vous exigez trop de vos amis, m'a dit Valentin, vous ne pouvez pas demander à Alain de tomber dans vos bras alors que vous venez à peine de sortir de ceux de Cormier ! » ; « mais vous, lui ai-je répliqué, vous ne répugnez pas à ma fréquentation et pourtant nul n'ignore vos convictions ». « Quelles convictions ? Qui peut être sûr de quoi que ce soit aujourd'hui ? Qui peut impunément faire un choix, et vouloir en même temps que celui-ci soit le bon ? Il y avait ce matin, réuni autour du pauvre Gaston, tout ce que la France compte comme gens de lettres, si l'on excepte ceux qui ont préféré se mettre à l'abri sous d'autres cieux. Les bons comme les médiocres, et même les franchement mauvais. Tous se congratulaient pour la façade et cependant beaucoup d'entre eux ont fait ce fameux choix dont vous parlez. Cormier, Drieu, Sardenne d'une part ; Marcel également, quoi qu'on en dise. Alain est de l'autre bord, les premiers ne l'ignorent pas. Qui est du bon côté, qui peut prétendre y être ? Ce qui les agace en vous, c'est que vous ne vous êtes pas encore prononcé. Aussi longtemps que vous resterez dans le flou, ils ne cesseront de vous harceler. Alain vous reviendra quand il saura si vous penchez pour Londres ou pour Berlin. Et il vous reviendra que vous penchiez pour Londres ou pour Berlin. Ne soyez pas si pressé de dissiper la fumée... Moi dans tout cela ? On sait vers qui allaient mes sympathies avant-guerre, alors on me laisse en paix ; on pense savoir dans quel camp me placer, aussi ne croit-on pas utile de me poser la question. Je peux ainsi inviter à ma table en même temps Alain et Cormier, si je le souhaite, sans crainte d'essuyer leur refus. Vous, vous êtes une citadelle encore à investir, prenez garde à bien vous défendre. La neutralité n'est pas de la lâcheté. L'histoire encensera les vainqueurs et vouera les vaincus aux gémonies. Double excès. Les hommes qui auront su se taire pourront seuls parler haut après la guerre ». Sarah avait posé sa main sur celle de Valentin et l'avait interrompu doucement : « mais combien d'entre nous serons encore en vie après la guerre ? » Valentin lui avait souri, d'un sourire qui lui promettait qu'ils seraient de ceux-là.

6 mars 1942

En attendant Pierre qui doit m'accompagner au Petit Marinier, je retranscris ici l'essentiel de la lettre que Catherine m'a adressée le mois dernier, celle que j'ai fait lire à Pierre lors de notre explication :

« Me voilà donc revenue à C* depuis hier (...) si je vous disais que j'ai été surprise, je vous mentirais. D'ailleurs, je suis toujours beaucoup plus surprise lorsque j'envoie une lettre que lorsque j'en reçois une (...) En lisant votre lettre, je ne peux pas dire — elle n'était pas faite pour cela — que j'en ai éprouvé de la joie (...) Je ne vous cacherais pas tout d'abord que votre suspicion est de nature à me faire bondir (...) Sachez, pour commencer, que je n'ai jamais eu peur de lancer des choses déplaisantes à la face des gens — j'avais même l'impression pendant un temps que ça m'était plus facile que de dire des choses aimables, c'est le comble ! — . Le jour où je me moquerai de vous, ne vous inquiétez pas, vous serez le tout premier à le savoir. D'ailleurs, j'ai idée que ce jour-là je me moquerai de beaucoup de gens à la fois, histoire de prendre le large pour respirer un peu (...) Évidemment, je n'irai peut-être pas loin vu que, si je saute de la galère à laquelle vous faites allusion, moi qui sais si mal nager... enfin, on ne sait jamais, je ferai signe aux autres bateaux qui passeront, et j'en rencontrerai bien un qui m'emmènera en croisière sous les tropiques... Cela serait drôle et, qui sait, arrangerait peut-être quelque chose, puisqu'après tout, je ne suis sans doute qu'une surcharge momentanée. Il me semble en effet que nous sommes au moins trois dans la galère en question. Peut-être même davantage. Je suis loin d'être persuadée que quelqu'un la dirige ; m'est avis qu'elle va vraiment à la dérive et qu'elle n'a plus qu'à s'en remettre au sort (...) Après tout, s'il s'agit de malhonnêteté, c'est Pierre qui en subira les conséquences et ça n'est pas nous qui sommes le plus à plaindre (...) Je ne pense pas que vous vous soyez tant accroché à lui. Je suis peut-être d'une inconscience extravagante, d'une naïveté exaspérante, d'un idéalisme exacerbé, mais je reste persuadée que rompre ou plier ne sont pas les seules options... Et vous aussi j'en suis sûre. Quant à penser que vous pourriez être un mystificateur, voilà quelque chose qui frise la démence. N'importe qui pourrait vous le dire. Il est des faits qui ne pourraient être démentis, même si vous le vouliez. C'est le genre de relation à laquelle tout le monde tient, quoique vous puissiez en dire (...) Comment en êtes-vous venu à croire que j'ai pu être de connivence avec quelqu'un pour me jouer de vous ? ...) [...] (...)((...)j'avais crû un instant que je pouvais vous nuire en allant passer ces quelques jours à N*, et surtout en demandant à Pierre, comme on me l'avait proposé, de m'y accompagner, certainement je me serais abstenue. Ou plutôt, j'aurais aimé vous le proposer aussi. Mais je vois trop bien que cette situation repose sur quelques malentendus qu'il faudra tôt ou tard dissiper. Vous allez sans doute vous moquer, mais autant vous l'avouer : en gagnant l'affection de Pierre, j'espérais aussi gagner votre estime et, quoiqu'il pût arriver entre lui et moi, j'espérais que je pourrais la conserver. J'avais cru vous faire comprendre que mon plus grand désir était que nous formions une parfaite bande d'amis. Je le souhaite toujours (...) »

Comment croire encore à la sincérité de Catherine lorsqu'elle écrit cela ? Elle prétend vouloir aussi mon estime alors qu'elle a constamment agi de façon à me confisquer Pierre. Elle a, je le reconnais, habilement joué de son entourage pour ce faire et peut, en apparence, jurer les grands dieux de sa parfaite innocence. Je ne me laisserai plus berner ; aussi souvent que cela s'avérera encore nécessaire, je forcerai Pierre à ouvrir les yeux. Car, malgré sa récente promesse, je ne le crois pas encore tout à fait disposé à fuir les coulisses des théâtres, où il ne manquera pas de croiser les amis trop bien intentionnés de Catherine. Comme il m'est difficile d'oublier le regard haineux de Sonia, l'autre soir...

7 mars 1942

Par amitié, parce qu'il m'a toujours soutenu dans mes débuts au théâtre, sans jamais rien attendre en retour, j'ai bien failli me faire entraîner hier par Sacha au gala qu'il animait dans la salle du Magic City, au profit des prisonniers de guerre du 7ᵉ arrondissement.

Je connais bien cette salle pour avoir au début des années 30 participé une ou deux fois au bal de la Mi-Carême qui y était donné tous les ans et où se retrouvait, je peux maintenant l'avouer, tout ce que Paris comptait d'invertis noceurs. « Bal travesti », tout était dans le nom. Pour 6 francs environ, on pouvait passer la nuit en compagnie de coreligionnaires de tout âge, de toute race et de tout milieu social. Du coiffeur au garçon boucher, du matelot au masseur des Bains Turcs, du baron proustien un peu décati au maître nageur au physique avenant, il y en avait pour tous les goûts. À chaque fois, j'étais reparti de là en bonne compagnie. Mais c'était avant Pierre.

Pour revenir à Sacha, je ne crois pas qu'il me tiendra rigueur de m'être défaussé au dernier moment. Peut-être même ne s'apercevra-t-il pas de mon absence, ce genre de manifestation voyant défiler beaucoup de vedettes en tout genre en mal de reconnaissance.

10 mars 1942

Je me suis fait si pressant, l'autre soir, que le courrier de ce matin m'apporte une lettre de Léon, dont il est impossible qu'il n'ait pas mesuré la cruauté, même s'il cherche, par endroits, à nous ménager encore une issue honorable, comme s'il craignait une rupture brutale, alors même qu'il n'y a pas encore eu de véritable attachement. « Tes sentiments paraissent si forts que je ne me sens pas capable de les assumer », écrit-il. On croirait entendre Pierre. Je ne peux pas lutter sur deux fronts, c'est au-delà de mes forces. Je vais devoir renoncer à Léon, définitivement. Cette autre passion que j'ai voulu artificiellement créer pour moins souffrir des absences de Pierre ne saurait se transformer en une banale amitié. J'en demandais bien davantage. J'en demande toujours bien davantage à Pierre. Je retarde pourtant le moment de répondre à Léon ; je ne me sens pas le courage de lui refuser aujourd'hui le compromis qu'il propose, que je sais toutefois inacceptable.

11 mars 1942

L'attitude de Pierre m'étonne à nouveau, pour ne pas dire qu'elle m'inquiète. Ce qu'il me disait la semaine passée, il le disait de lui-même, sans que je sollicite la confidence en aucune façon ; donc je ne peux pas douter que cela soit vrai, ou alors ce serait lui prêter une propension à la fourberie que je ne lui ai jamais supposée jusque là.

Mais alors, comment expliquer sa toute récente attitude de repli sur lui-même, qui le fait consciemment me blesser ? Cela, au moment où il s'avère que nous avons tous les atouts entre nos mains, à condition qu'il veuille bien s'en persuader. Le danger encore, ce sont les autres, Sonia tout d'abord. Mais il ne dépend que de lui que ce péril soit définitivement écarté. J'aimerais que nous puissions en parler dès ce soir, mais... non, je ne me plaindrai pas ouvertement. C'est à lui d'ouvrir les yeux.

12 mars 1942

Pierre s'est finalement rallié à mon opinion concernant l'attitude de cette petite coterie qui s'est formée autour de Catherine. Il est même allé beaucoup plus loin que je ne lui ai demandé, employant à son propos le mot de « conspiration », imaginant les « conjurés » se réunissant régulièrement pour adopter des règles de conduite à notre égard. Il a même imaginé Catherine siégeant au milieu d'eux, véritable égérie de nos tourmenteurs. Si je ne l'avais pas arrêté dans ce qui devenait presque un délire paranoïaque, il aurait sans doute également soupçonné Léon de tremper dans le « complot ». En l'écoutant, exalté comme il l'était, je sentais combien allègrement nous nous dirigions vers le drame que je m'efforce à vouloir empêcher. Pourtant, cela me changerait de la farce ubuesque qu'on m'a fait jouer jusqu'à présent ! Il n'y a qu'avec Pierre que je n'avais jamais l'impression de me donner ridiculement en spectacle. Mais pourquoi ai-je employé l'imparfait dans la phrase précédente alors que désormais, entre nous, il ne peut s'agir que d'un présent qui va durer... ?

13 mars 1942

Il m'arrive de trouver des ressemblances frappantes entre Pierre et Sylvain. Cela m'effraie.

Je me souviens en particulier de la cruauté des traits que me décochait Sylvain, au moment où je m'y attendais le moins, quand j'étais près de m'abandonner, avec une apparente candeur qui me faisait toujours douter de la préméditation. Sa trop grande jeunesse était pour moi son excuse. Ainsi, le soir où, au sortir de scène, j'étais allé le retrouver dans sa loge, pour le féliciter de son interprétation, et où, pendant qu'il se changeait, me laissant tout le loisir d'admirer son jeune corps musculeux, je lui avais avoué combien j'étais fier d'avoir un ami si talentueux : « je n'ai jamais dit que vous étiez mon ami » m'avait-il lancé, et il avait quitté la loge avant que j'aie pu répondre quoi que ce soit.

Le souvenir de ses fesses galbées, rondes comme des petites pommes, que je n'aurais que plus tard la chance de tenir fermement dans mes mains, me revient à l'esprit au moment où j'écris ceci. Et comme à chaque fois je ne peux m'empêcher de bander. Après tant de temps.

14 mars 1942

Sylvain, qu'hier, pour la première fois depuis longtemps, j'ai nommé dans ce carnet, je l'ai entr'aperçu précisément le soir même, à la Comédie Française, où Pierre m'avait entraîné pour assister à une représentation du *Misanthrope*. Quelle étrange coïncidence. Je ne me souviens plus avoir été mis en sa présence depuis le début de la guerre. Notre dernière rencontre, si ma mémoire ne me trahit pas, remonte à ce cocktail chez Florence. Sylvain, qui venait de triompher dans une pièce de Cocteau, paradait au milieu d'un cercle de jeunes admirateurs. Il les avait pourtant abandonnés, sans l'ombre d'une hésitation, pour venir me saluer, sitôt qu'il m'avait aperçu. Au milieu de cette foule mondaine, les propos échangés ne dépassèrent pas le registre de la banale politesse. Pierre, accaparé un peu à l'écart par l'ennuyeuse conversation du pianiste Domenego Alvanjuez, ne nous avait pas quittés des yeux pendant ce bref échange. À peine Sylvain était-il reparti se mêler au groupe de ses adulateurs, que Pierre m'avait rejoint. « J'ignorais que tu connaissais Sylvain », m'avait-il dit, ne parvenant pas à dissimuler un certain agacement où pointait un soupçon de jalousie. « Mais qui ne connaît pas Sylvain ? » avais-je simplement répondu en souriant, tant l'endroit me paraissait inopportun pour me livrer devant Pierre à de plus amples confidences. Nous n'en avions pas reparlé par la suite.

Hier, au Français, Sylvain était installé, un peu en retrait, dans la loge du baron Calvet. Il semblait fatigué, quelque peu amaigri, les traits tirés, comme d'un convalescent. Pierre a surpris mon regard : « l'opium », a-t-il simplement murmuré, et je me suis souvenu des rumeurs qui avaient couru, ces dernières années, pour expliquer la disparition de Sylvain des scènes parisiennes. Combien je me félicite, aujourd'hui encore, qu'au temps de mes vingt ans, lorsque j'ai débarqué à Paris, André ait su me mettre en garde contre la pernicieuse influence des gens que je fréquentais alors, que j'allais presque chaque soir retrouver au Bœuf sur le toit avant que ses amicales injonctions ne mettent un terme à mes débordements stériles. En me quittant, Sylvain avait fait un tout autre choix dont il payait aujourd'hui trop lourdement le prix.

15 mars 1942

Pierre a imposé la présence de Catherine à dîner, hier soir, rue Bridaine. Je crois être parvenu à lui faire bonne figure. Elle a cependant insisté, vainement, pour que je lui permette de lire mon roman dont la parution semble retardée de quelques semaines. Catherine trouve excitant l'idée de devenir un personnage de roman. Elle me demande si j'ai l'intention, un jour, de la placer dans une de mes œuvres. Pourquoi pas ? J'entrevois ce que cela pourrait avoir d'amusant, mais j'évite de le lui laisser deviner. De toute façon, elle devrait savoir qu'un romancier n'est jamais tout à fait maître de ses personnages, si pourtant il peut influer sur leur comportement.

16 mars 1942

Un des traits les plus marquants du caractère de Pierre, c'est assurément son humeur changeante. Encore que ces termes, à tout bien réfléchir, soient mal choisis. Disons qu'après s'être livré — trop franchement livré — il a tellement peur d'en avoir trop dit que, par un sentiment de protection, il s'empresse de revenir nettement sur ce qu'il a avancé, il tient absolument à y apporter un démenti de facto ; tout particulièrement quand l'aveu touche au domaine des sentiments. Cependant, il ne tolère pas que je doute de lui. Quand aura-t-il suffisamment confiance en moi pour parvenir à se livrer tout à fait, sans regretter aussitôt de l'avoir précisément fait ?

17 mars 1942

Pierre s'étonnait ce matin que nous n'ayons, ni lui ni moi, été sollicités pour signer la protestation des intellectuels contre les crimes britanniques. La liste des pétitionnaires a des allures de Bottin mondain de la Collaboration. Je ne suis pas surpris, pour ma part, qu'on m'ait tenu à l'écart. Aurais-je accepté d'y voir figurer mon nom ? Il y a bien longtemps que j'ai pardonné à la perfide Albion d'avoir fait rôtir notre illustre pucelle, et la propagande officielle en ce domaine me fait plutôt sourire. Il n'empêche que je ne parviens pas tout à fait à excuser Mers El-Kébir, ces centaines de jeunes marins français sacrifiés à de sordides nécessités stratégiques. Et je ne suis pas certain que le pilonnage régulier des cités françaises par la R.A.F. aide à une éventuelle libération du territoire... Elle serait de toute façon payée de trop de souffrances inutiles pour que je m'en réjouisse. De la sueur, du sang et des larmes, c'est une belle formule j'en conviens pour qui n'a pas à en connaître la réalité. J'aurais signé, sans doute, mais sans satisfaction. J'aurais joint mon nom à ceux qui, sans nuances, condamnent près de trente années d'Entente Cordiale. Mais on ne me l'a pas demandé. Ni à Pierre, ce qui est plus surprenant.

19 mars 1942

J'ai senti hier soir, une fois de plus, mais peut-être plus fort encore qu'à l'accoutumée, combien effectivement j'aimais Pierre. Comme il ne m'a à aucun moment repoussé, satisfaisant sans la moindre hésitation le moindre de mes désirs, j'ai pu me convaincre, malgré les démentis qu'il ne manquera pas d'apporter bientôt, malgré mes doutes toujours affleurants, qu'il partageait entièrement ce sentiment.

C'est plein d'enthousiasme que je me suis attelé aux premières pages de mon nouveau roman, après que Pierre est sorti pour porter à son journal sa note sur la représentation de l'autre soir au Français. Dans celle-ci, il égratigne, non sans raison, le jeu outrancier de S**, qui fut pourtant naguère de ses intimes, si j'en crois les confidences ébauchées de prétendus amis communs.

20 mars 1942

Encore quelques prophéties comme celle de l'autre soir — je ne puis en noter plus ici, ce serait trop dangereux si ces carnets venaient à tomber en de mauvaises mains — et Pierre va peut-être me convaincre de l'existence du fatum auquel mon esprit libertaire m'interdisait de croire jusqu'à présent.

21 mars 1942

Je ne suis pas certain que Catherine aime réellement Pierre. Je suis même convaincu qu'elle pourrait aisément se passer de lui, alors que lui ne le pourrait plus, ou trop difficilement. Il faudra donc que Catherine l'aime, nécessairement, si je veux le voir heureux.

Une lettre de Paul, qui me parvient ce matin, après des péripéties qu'il serait trop long de rapporter ici, me confirme l'amélioration de son état de santé, malgré quelques épisodiques rechutes, heureusement sans gravité. Combien j'aurais plaisir à le revoir, ce que je m'empresserai de faire si les déplacements n'étaient pas si hasardeux dans les temps que nous vivons.

Je profite de cette première journée printanière pour traîner un peu dans Paris, ce qui ne m'était pas arrivé depuis bien longtemps. Le soleil, si généreux aujourd'hui, m'incite à pousser jusqu'à la Seine, dans un Paris étonnamment vide. Sur les quais, où Pierre et moi aimions à nous promener avant-guerre, j'aperçois Guéhenno occupé à fureter dans l'étal d'un bouquiniste. Je renonce à l'aborder, tant j'ai peur de gâcher cette belle journée par une conversation dont j'ai tout lieu de craindre qu'elle ne vire à l'aigre-doux, connaissant le mépris que Guéhenno a toujours affiché pour ceux d'entre nous qui avons continué de faire leur métier d'écrivain en dépit de l'occupation allemande. Je ne suis pas d'humeur à polémiquer par une si belle journée.

25 mars 1942

La violence de Pierre est un sujet dont je me suis toujours refusé à discuter avec lui. Pierre s'est forgé, au cours des années, l'image d'un être violent qui transparaît dans ses paroles autant que dans ses actes. Il a travaillé cette image, soigneusement, choisissant par exemple de fréquenter avec assiduité, toute une année, les salles de boxe les plus renommées ; n'hésitant pas, dans ses rapports en société, à faire le coup de poing contre ses adversaires les plus acharnés. Il me souvient d'un dîner chez Francis Forster, avant la guerre, où il avait manqué écharper Sardenne, parce que celui-ci avait eu l'inélégance de m'avouer, au nom d'une franchise qui touchait à l'indélicatesse, tout le mal qu'il pensait de ma nouvelle pièce, *Le rivage perdu de vue*, alors que j'avais su faire bonne contenance, laissant Sardenne déverser son fiel avec un plaisir évident, Pierre s'était soudainement levé de table et il avait fallu les trésors de diplomatie de Francis pour le convaincre de se rasseoir. Cette réputation d'homme violent qu'il s'est créée, tout notre entourage l'a adopté rapidement, d'où l'empressement de Francis à s'interposer ce soir-là. Je ne suis pas sûr que Catherine n'est pas elle aussi tombée dans le panneau. S'arrêter à cette image simpliste, qu'il a voulue ainsi, c'est se

75

condamner à ne pas le comprendre. Qui d'autre que moi s'est suffisamment intéressé à Pierre pour chercher à le faire ? Même Catherine s'y refuse, elle croit pouvoir se satisfaire des apparences. Par paresse sans doute. Elle ne peut donc savoir que la violence n'est pour Pierre qu'un moyen commode de se mettre à l'abri des regards indiscrets ce qui, il faut bien l'avouer, ne lui a pas réussi trop mal jusque là. En fait, Pierre est loin d'être la personne assurée qu'il cherche à accréditer. Les manifestations effectives de sa violence ne sont là que pour cacher une extrême sensibilité, qu'il veut à tout prix dissimuler aux autres. De manière absurde, il cherche en effet à nier ce qu'il est profondément, à rejeter sa véritable identité, qui est justement celle que j'aime. L'autre, ce personnage factice, a cessé depuis longtemps de m'intéresser ; il ne l'amuse plus beaucoup lui-même ; il me semble qu'il ne prend plus guère de plaisir à le jouer, si pourtant il continue. Il se trouve, je crois, dans une situation délicate et imbécile : obligé de forcer son personnage en présence de gens comme Camille, qui admirent précisément en lui cette apparente brutalité, contraint de rester en retrait auprès de Catherine, qui s'effraie de cette brusquerie de son caractère qu'elle n'imagine pas simulée. Je ne crois pas prétentieux d'affirmer qu'avec moi seul il arrive à être totalement sincère.

Cela explique justement ses sautes d'humeur à mon endroit : il se rend compte, avec une évidence sans cesse croissante, qu'il passe stupidement la plus grande partie de son temps à se nier, et il supporte de plus en plus difficilement qu'un autre que lui - moi en l'occurrence - en ait pleinement conscience. Quand donc parviendrai-je à le convaincre de s'exposer au grand jour sans masque ?

27 mars 1942

Valentin m'avait convaincu hier de l'accompagner à une *house rent party* chez un de ses amis musiciens. On devait y jouer du jazz, et je n'avais donc pas trop longtemps balancé avant d'accepter. Nous nous sommes retrouvés à plus d'une vingtaine, dans un vaste appartement dont les fenêtres s'ouvrent largement sur le parc Monceau. Nous avons bu et fumé tout le long de la nuit (certains des convives n'ayant apparemment aucune difficulté à se procurer des cigarettes par des moyens que j'ai préféré ne pas connaître), résolus que nous étions à ne rentrer que par le premier métro, le lendemain matin. On avait obscurci les vitres donnant sur la rue. Une fois de plus, j'ai pu constater combien cette musique me transporte, et je me reproche de n'avoir pas su la découvrir plus tôt, quand les grands orchestres noirs américains s'aventuraient encore de ce côté de l'Atlantique. Je dois convenir, cependant, que les musiciens d'hier jouaient tous remarquablement bien, malgré la pâleur de leur peau. Valentin a promis de me prêter quelques galettes phonographiques ramenées de ses voyages à New York, avant-guerre. Il s'est engagé à m'amener, un de ces soirs prochains, dans un des lieux souterrains de la capitale où se produisent aujourd'hui encore, malgré la rigueur des temps, les plus grands jazzmen français. « Voilà qu'à votre tour vous allez devenir zazou », a-t-il observé, d'un ton amusé, devant l'enthousiasme que j'ai manifesté en acceptant sa proposition.

Mon enthousiasme est vite retombé après l'arrivée un peu tardive de Pierre, que Valentin avait également convié à cette soirée. Je n'ai pas supporté de le voir accompagné de Catherine et de sa bande de théâtreux, au premier rang desquels l'inévitable Sonia, flanquée comme il se doit de l'insipide Fauvert pour qui, je m'en suis toujours étonné, Paul a gardé une sincère affection. Ce n'est pas leur présence en elle-même qui m'a tellement dérangé, quoiqu'elle m'interdise de goûter pleinement la suite de la soirée. C'est l'attitude de Pierre à l'égard de ces gens qui m'a été profondément insoutenable. Je l'ai senti qui faiblissait, alors que nous nous étions promis, il y a peu, d'être fermes. J'ai un instant envisagé de l'être pour deux, de rompre la tranquillité de la soirée, mais Pierre a dû le sentir, car il m'a rapidement entraîné à l'écart, m'a conjuré de ne pas faire un esclandre et évité de gâcher la soirée de Valentin. Je ne lui ai jamais rien refusé, aussi me suis-je efforcé à faire bonne figure. J'ai souri à Sonia et aux autres, alors que je les méprise tant, alors qu'ils me détestent tant. Encore quelques savants sourires de cette sorte, et c'est moi-même que j'en viendrai à mépriser.

28 mars 1942

Nous avons donc ouvert l'ère des compromis et des compromissions. Catherine les accepte. Mieux, elle les provoque. Je m'interdis tout commentaire, puisque Pierre a choisi de l'aimer malgré moi.

5 avril 1942

La nuit n'était pas encore finie que nous avons subi un violent bombardement. Les projectiles sont tombés tout près d'ici, à Asnières. On racontait ce matin, dans la file devant chez l'épicier, que les usines de caoutchouc avaient été touchées, ce qui expliquerait le sombre nuage de fumée, visible depuis les fenêtres de la rue Bridaine, dès les premières lueurs de l'aube. Impossible de se rendormir ensuite ; j'ai passé plusieurs heures à écrire, avec une facilité qui ne m'est plus coutumière.

18 avril 1942

Me voici de retour rue Bridaine après une étrange escapade à trois en Zone Libre... Précipité par les événements, je n'ai pas trouvé le temps d'en parler ici avant, ni même de le faire au cours de cette expédition. Je vais donc m'efforcer d'en faire le résumé.

J'ignore comment Pierre a pu se procurer les autorisations nécessaires, et surtout comment il a pu justifier ma présence et celle de Catherine. Le fait est, pourtant, que les Ausweiß étaient en règle et qu'il avait pu obtenir l'automobile indispensable à un tel déplacement, avec suffisamment d'essence pour couvrir autant de kilomètres. Le prétexte officiel était d'interviewer le sculpteur Horzens, qui depuis près de cinq ans ne quitte plus sa retraite pyrénéenne ; à l'approche de l'exposition Breker, qui doit s'ouvrir à Paris le mois prochain, les confidences de celui qui fut jadis un de ses maîtres ont de quoi faire un papier particulièrement intéressant. Les services de l'Institut allemand ont appuyé le projet de Pierre, dès qu'il s'en est ouvert à son rédacteur en chef. On espérait, semble-t-il, que Pierre, non content d'interroger Horzens, saurait le convaincre de s'arracher exceptionnellement à ses montagnes pour venir à l'inauguration de l'œuvre de son disciple. C'est en tout cas ce qu'on a clairement fait entendre à Pierre, et c'est sans doute pour qu'il accepte cette mission bien particulière qu'on s'est résigné à lui tolérer deux compagnons de voyage qui, de prime abord, n'avaient rien de bien indispensable.

Nous avons quitté Paris le 13. Sortir de la capitale ne m'était plus arrivé depuis mon retour de Bordeaux en 1940. Le passage de la ligne de démarcation ne nous a été qu'une formalité. Il avait été convenu que nous ferions étape à S** pour la nuit. Comme nous y sommes arrivés de très bonne heure, en début d'après-midi, Pierre a tenu à nous emmener voir les arènes, dont il m'avait jadis offert une reproduction sur papier. Puis, alors que nous nous apprêtions à chercher un hôtel, il a brusquement décidé de poursuivre la route, sans vouloir nous donner d'explication. Je n'ai commencé à comprendre ses motivations que lorsque nous avons fait halte à peu de kilomètres de là, dans la petite ville de P**. Pendant que Catherine et moi commandions un café — si l'on peut encore appeler ainsi le breuvage que l'on nous a servi — dans l'unique débit de boissons de la localité, Pierre s'est éloigné, prétextant le besoin de marcher un peu seul, après ce long trajet en automobile. Catherine n'a rien soupçonné. Quand il a réapparu, moins d'une demi-heure plus tard, elle n'a pas remarqué sa mine déconfite. Catherine ne regarde jamais vraiment Pierre. Cela ne m'a pas échappé à moi ; j'ai compris qu'il n'avait pas été autorisé à voir Bertrand ; à moins que Bertrand ait lui-même refusé de le recevoir, par peur que sa vocation ne résiste pas à un tel revoir. Car autant Camille est un être au caractère fort, malgré tous les défauts que je lui connais, autant son jeune frère s'est toujours laissé bringuebalé au gré des influences les plus diverses. Il n'a pu échapper à celles-ci qu'en se jetant, en toute dernière extrémité, sur le chemin de la foi. À corps perdu. Depuis qu'il s'est retiré, il y a un an, au séminaire de P**, Bertrand ne répond plus aux lettres de Pierre. Il s'est choisi un directeur de conscience, plus orthodoxe assurément.

Nous avons finalement roulé une partie de la nuit. Catherine s'est assoupie à l'arrière de l'automobile, alors que nous venions juste de traverser Sarlat. « Bertrand n'était pas là, m'a soufflé Pierre sans que je le questionne, c'est ce qu'ils m'ont dit en tout cas ; je ne pouvais quand même pas forcer la porte pour vérifier s'ils me mentaient ». Je n'ai rien répondu. Je savais que Pierre n'attendait aucune réponse. Il a arrêté l'automobile à la sortie de Carsac, juste à côté du cimetière. Nous avons laissé Catherine reposer et, sans bruit, nous avons escaladé le portail puis, allongés l'un près de l'autre sur une large pierre tombale dont nous ne parvînmes pas à lire l'inscription à la lueur des étoiles, nous sommes restés silencieux des heures durant, à regarder autour de nous les feux follets danser autour des sépultures, comme si les âmes des défunts, par ce ballet improvisé, voulaient consoler Pierre de sa déconvenue de l'après-midi, lui faire revivre cette époque heureuse où Bertrand s'annonçait comme le danseur le plus brillant de sa génération. L'aube nous trouva endormis. Il faisait déjà grand jour quand nous avons repris la route.

Nous avons décidé, Pierre n'étant attendu chez Horzens que dans la journée du 16, de jouer un peu les touristes. Nous avons donc passé une partie de la journée à Rocamadour, sous la protection de la Vierge Noire. L'après-midi, nous avons laissé Catherine à l'auberge où nous avions déjeuné et nous avons gravi, Pierre et moi, les stations du chemin de croix. J'ai pris quelques clichés des statues de la dernière station, qui ne manqueront pas d'intéresser Valentin. Le 15, nous étions à Toulouse, où nous a atteints la nouvelle de la suspension du procès de Riom. Pierre jubilait à imaginer la déconvenue de Sardenne, qui avait tant manœuvré pour couvrir l'événement à sa place. Catherine s'est étonnée qu'on laissât les responsables de notre défaite échapper ainsi, quelque temps encore, à leur légitime châtiment ; elle n'avait assurément rien saisi de l'importance de cet ajournement. Il est peu probable que ce procès reprendra un jour. Blum, Daladier, Gamelin, Jacomet et La Chambre sont d'ores et déjà condamnés, point n'est besoin d'une sentence officielle. Laisser se poursuivre le procès, c'était permettre à ces hommes de continuer à narguer le pouvoir établi, comme en témoignent les premiers comptes-rendus des audiences. Il y a gros à parier que l'autorité occupante est intervenue pour que cesse cette comédie. Pierre, sur ce point, est entièrement du même avis que moi.

Nous avons passé la journée du 16, comme convenu, auprès de Horzens. Pierre et lui se sont isolés quelques heures dans son atelier, pendant que la charmante Madame Horzens (que je me souviens avoir applaudi, encore adolescent, sur la scène du théâtre Gémier) a fait les honneurs de sa maison à Catherine. Nous avons déjeuné tous les cinq sur la terrasse, d'où la vue sur les montagnes est d'une beauté vertigineuse ; elle nous ferait presque oublier la somptuosité du festin offert à nos estomacs parisiens, déshabitués pourtant de si bonnes choses. Après le repas, nous avons laissé les dames bavarder entre elles ; Horzens nous servant de guide, nous sommes partis à l'assaut des hauteurs voisines. Après quelques heures d'une revigorante escalade, alors que nous surplombions toute la vallée, Horzens nous a révélé que, depuis près d'un quart d'heure, nous marchions en territoire espagnol ; il s'est amusé de nos visages effarés à l'idée que nous aurions pu croiser une patrouille allemande frontalière. « Nous n'avions rien à redouter, je connais bien cette montagne ; et puis, de toute façon, la vue est trop belle d'ici pour qu'aucune force armée puisse jamais m'en interdire l'accès... À propos, quand vous verrez le petit Breker à Paris, rappelez-lui combien j'admire toujours ce qu'il fait, mais dites-lui aussi que j'ai peu d'estime pour ses actuels commanditaires ; trop peu d'estime pour m'aventurer jusqu'à Paris en tout cas ! » Pour toute réponse, Pierre lui avait souri, et j'avais compris, soudainement, qu'il n'avait jamais eu l'intention de convaincre Horzens d'effectuer ce voyage ; j'avais même cru deviner qu'il admirait le vieil homme d'oser refuser une invitation si pressante, et cela m'avait quelque peu étonné. C'est un point qu'il me faudra d'ailleurs bientôt éclaircir avec lui.

Nous n'avons presque pas quitté l'automobile le lendemain. Pierre avait hâte d'être à nouveau à Paris ; je soupçonne que son entretien privé avec Horzens n'y est pas étranger. Catherine devait également retrouver la capitale au plus vite ; elle y était attendue afin de tourner un bout d'essai pour un film que doit mettre en scène Marc, à qui je l'ai recommandée ; pour faire plaisir à Pierre, évidemment. Marc, qui n'ignore bien sûr rien de ma brouille avec André, a gentiment accepté de donner sa chance à Catherine ; à elle, maintenant, de la saisir si elle le peut. Nous avions dû cependant nous arrêter pour le déjeuner au château de Cassagne, où nous étions attendus par Jacques et Marianne de Lestoure, que Pierre avait informé de notre passage dans la région. Pierre n'a que très peu changé depuis l'École, même s'il m'a affirmé s'être assagi au contact permanent de la campagne. Marianne s'est amusée à m'entendre raconter à nouveau quelques-unes des nombreuses frasques de nos vingt ans, quand nous partagions la même thurne, Jacques, Vlad et moi. Elle connaît ces anecdotes pas cœur, mais elle ne se lasse pas d'entendre parler de Jacques, pour qui elle a tant sacrifié, qu'elle aime d'un amour sans failles, presque trop dévorant m'a-t-il toujours semblé. Catherine n'a pas semblé goûter ces histoires de potaches, elle les a écoutées sans y prêter vraiment attention.

Jacques est sorti faire un brin de conversation avec Pierre dans le parc ; ils nous ont rejoints sitôt que le café — enfin du vrai café ! – nous a été servi. Pierre a semblé étrangement plus soucieux ; comme hier, lorsque nous étions dans la montagne avec Horzens ; j'ai senti que quelque chose m'échappait, que l'interview du sculpteur et le désir d'apercevoir Bertrand ne sont peut-être pas les seules motivations de ce voyage.

Nous ne sommes arrivés à Paris qu'en fin de journée, peu avant l'heure du couvre-feu ; le temps simplement de raccompagner Catherine jusque chez elle et de regagner la rue Bridaine. Nous ne nous sommes couchés qu'après avoir débouché une bouteille de vin de Cahors, que Jacques était allé chercher pour nous dans sa cave, juste avant que nous quittions Cassagne.

Un peu grisés par l'alcool, nous nous sommes déshabillés l'un l'autre. Je l'ai longuement caressé, l'excitant toujours un peu plus, m'attardant sur les replis de son corps que je sais plus sensibles. J'ai su lui montrer que j'étais encore tout particulièrement doué quand il s'agit de lui offrir du plaisir.

Ce matin, alors que je suis déjà installé à ma table de travail, que je le crois en bas qui se prépare à partir pour son journal, je sens soudain la pression amicale de sa main sur mon épaule, son souffle sur ma nuque. « Je t'aime », murmure-t-il derrière moi, avec dans la voix les accents d'une sincérité que je ne lui soupçonnais plus. Quand je me retourne, il n'est déjà plus là ; j'entends la porte de l'entrée qui claque. C'est aussi bien. Qu'aurais-je pu lui dire qui eut pu lui faire comprendre à quel point cet aveu me bouleverse, m'attriste et me rend heureux en même temps ?

19 avril 1942

Depuis hier, Laval a repris en mains les rênes du gouvernement. Cela faisait plusieurs semaines déjà que la rumeur d'un remaniement ministériel circulait. Avant même que nous quittions Paris, Pierre avait eu vent d'une possible rencontre entre le vieux Maréchal et son ancien ministre. Je n'avais pas voulu y croire. J'imaginais mal Pétain, après le coup d'éclat de décembre 1940, demandant à Laval de reprendre ses fonctions. Apparemment, le vieil homme a accepté d'aller à Canossa. Il est vraisemblable que les pressions allemandes ne lui ont laissé aucune autre issue. Le journal de ce matin révèle la liste des nouveaux ministres : Romier, Barthelemy, Cathala, Leroy-Ladurie... Ces hommes, dont je connais plusieurs d'entre eux, ont-ils vraiment le sentiment de servir la France en travaillant aux côtés du maquignon auvergnat ?

20 avril 1942

Le journal d'hier annonçait également, simple entrefilet en bas de la première page, qu'une définition officielle du Juif venait d'être publiée au Journal Officiel. Ainsi donc, chacun d'entre nous va devoir remonter les branches de son arbre généalogique pour s'assurer qu'il n'a pas trop de grands-parents de confession israélite puisque, selon les cas, il suffit parfois de deux aïeux juifs pour être à son tour considéré comme tel. C'est abominable. J'enrage de vivre en une époque si lamentable. Mais que fais-je pour qu'il n'en soit pas ainsi ?

21 avril 1942

« Je ferai tout pour tenter le salut de notre pays » annonce Laval dans sa première déclaration aux Français. On se prend à espérer qu'il y parviendra. Mais on ne se fait plus guère d'illusions.

Jean m'avertit au téléphone que *Les angoisses d'un Barbare* seront en librairie au plus tard dans une semaine. Je dois passer demain faire le service de presse. C'est une corvée à chaque fois, mais je ne peux m'y soustraire.

24 avril 1942

Je l'aime. Il m'aime. Que demander de plus ?

25 avril 1942

Pierre, qui a pourtant été à l'inauguration le 6, m'entraîne avec lui voir l'Exposition sur la Vie Nouvelle qui s'est ouverte au Grand Palais. Il doit bien évidemment en rendre compte dans son journal. Je ne croyais déjà pas trop à « la France Européenne » qu'on nous avait offerte l'an passé, mais ce second volet, c'est en tout cas ce que veut être cette nouvelle exposition, ne me convainc pas plus. Jacques de Lesdain, qui en est le Commissaire général encore une fois, a certes jadis écrit de charmants récits de voyage, mais il est devenu rapidement l'un ces chantres de la Collaboration. On prétend que c'est sous l'influence de son épouse qui serait allemande.

Plus que l'exposition, j'ai aimé regarder Pierre regarder l'exposition. Nous avons dû tout visiter, par conscience professionnelle je veux bien l'admettre, mais quelle fumisterie. Est-il besoin de tout cela pour nous dire qu'il faut collaborer en envoyant de la main-d'œuvre en Allemagne et participer plus activement à la croisade antibolchevique ? Pourquoi toutes ces expositions plus ridicules les unes que les autres, surtout en ces temps de pénuries ? Je ne suis pas sûr que le Parisien apprécie cette débauche de dépenses alors qu'il doit se serrer la ceinture de plus en plus.

Pierre prend des notes, scrupuleusement, sans se laisser perturber par les commentaires que je ne peux m'empêcher de faire à son oreille. C'est quand je le regarde ainsi, concentré, tout à ce qu'il fait, que la beauté de Pierre me saute aux yeux. Grand, fin et pourtant musculeux (il suffit de le voir nu pour n'avoir aucun doute, il n'a rien à envier à Jean Marais dont la plastique fait soupirer filles en fleurs et garçons en rut), les cheveux sombres peignés en arrière, le regard noir et vif, tout en lui est admirable. Il suffit aussi de le regarder se mouvoir, avec agilité et souplesse, presque comme un danseur, avec une élégance rare, alors même qu'il ne se soucie pas du regard des autres en général. Comme je comprends qu'on ait pu me jalouser, dans les premiers temps où nous flirtions et où il semblait sur le point de céder, alors que je n'ai pas sa beauté de statue antique réveillée.

1ᵉʳ mai 1942

Léon, passé en coup de vent rue Bridaine, s'étonnait ce matin d'un déploiement de polices encore plus intense que de coutume. Sans doute craint-on que la fête du Travail donne lieu à des débordements ouvriers. La récente manifestation de lycéens, certes rapidement dispersée, a montré en effet aux autorités que les Français n'étaient pas encore tous d'une docilité exemplaire. Elle a fortement mécontenté, murmure-t-on, le Commandant du Grand-Paris.

2 mai 1942

Après un nouveau retard inexplicable, *Les angoisses d'un Barbare* s'étalent enfin à la devanture de la plupart des librairies parisiennes. Jean a bien fait son travail de promotion cette fois encore. Il me reste à attendre les réactions de la critique. Et surtout celle de Pierre, à qui j'ai offert hier l'un des dix exemplaires de l'habituelle édition de luxe, cette édition à laquelle je tiens depuis mon tout premier roman publié. C'est devenu une sorte de fétichisme bien innocent.

5 mai 1942

La compromission est partout. Je sais que nos artistes ont besoin de vivre, et donc nos chanteurs de pousser la chansonnette ici et là. Mais il y a des limites et certains sont allés un peu loin. On m'assure que plusieurs de nos vedettes se sont produites dans un gala donné au bénéfice de la Légion des Volontaires Français contre le Bolchevisme. Je veux bien encore qu'on chante pour le Secours National ou pour les enfants de prisonniers, mais pas pour ces messieurs de la LVF. La ligne rouge est dépassée. On me parle de Cécile Sorel, de Suzy Solidor (qu'elle se contente donc de son cabaret déjà comble rien que par la présence d'officiers allemands) et même de Tino Rossi, le bellâtre gominé dont la moindre romance me fait rire tant son répertoire est plein de niaiseries. Il paraît que les femmes se pâment rien qu'à l'entendre, grand bien leur fasse. Maintenant en tout cas l'homme ne me fera plus seulement rire.

8 mai 1942

Alors que depuis près d'une semaine ma plume était restée stérile, j'ai ce soir un puissant besoin d'écrire, tout en sachant à l'avance que je n'arriverai pas — une fois de plus — à transcrire ce bouillonnement qui m'habite. J'aurais tant de choses à dire pourtant. Je devrais m'efforcer à prendre plus souvent la parole dans ces carnets, quitte à y parler, égoïstement, toujours plus de moi ; peut-être arriverais-je, par ce moyen détourné, à mieux parler de lui ? Et peut-être que, plus tard, s'il lui est donné l'occasion de lire ces pages, il comprendra mieux ce que j'ai maladroitement tenté de lui faire savoir depuis que nous nous connaissons...

Je crois en tout cas que Pierre a conscience de la force de mes sentiments ; je ne suis pas certain que cela lui fait peur. Je n'ai plus aucune envie de lui cacher quoi que ce soit, de me contraindre à une retenue qui ne me serait pas naturelle. Je l'aime, je le lui dis. J'ai envie de l'embrasser, je l'embrasse, tout simplement, sans chercher à savoir si cela se fait ou pas, sans me demander quelles pourront en être les conséquences ; j'ai envie de son corps, je lui offre le mien. Pourquoi aurais-je des remords ? Il ne m'a, que je sache, jamais repoussé encore.

Cette situation, qui m'a paru si compliquée parfois, me semble au contraire, ce soir, étonnamment simple. J'ai souvent pensé, et je l'ai même écrit, que je n'étais pas fait pour vivre. C'est une partie de mon héritage. C'est ce qui m'a autrefois poussé à m'intéresser au suicide et à commencer d'écrire *A l'ombre de Socrate*. Or, depuis que je fréquente Pierre, je prends de plus en plus goût à la vie, je donne enfin un sens à ce mot ; je réalise que je vis. D'ailleurs, il m'avait été difficile de terminer mon essai, que j'ai pourtant laissé publier en 1938, alors que le suicide avait fini de m'obséder, puisque Pierre était rentré dans ma vie. Seulement, désormais, pour moi, vivre auprès de Pierre et vivre tout court sont difficilement dissociables. Cela ne me gêne pas, puisque je ne peux concevoir d'autres modes d'existence. Est-ce que cela peut le gêner vraiment, lui ? Sincèrement, je ne le crois pas. Ce qu'est devenue notre relation, c'est en grande partie ce qu'il a voulu qu'elle devienne. Si je tiens autant à lui aujourd'hui, c'est parce qu'il a désiré qu'il en soit ainsi. C'est lui le séducteur, même si je ne prétends pas être tout à fait victime ; ou alors victime consentante. La différence, c'est que sa pudeur lui interdit de reconnaître effectivement que tout ceci est. Mais peut-être le consigne-t-il également dans un carnet ? Un carnet de cuir noir, évidemment.

9 mai 1942

Il s'est produit un incident, ce matin, à la rédaction de *Je suis partout*. Pierre ayant refusé d'aller interviewer le nouveau Commissaire général aux questions juives, on s'apprêtait à envoyer à sa place un autre journaliste, quand Sardenne a cru bon de se mêler de l'affaire et a sommé Pierre, devant toute l'équipe rassemblée, de choisir nettement son camp. Pierre n'a pas répondu, ne s'est pas emporté, ce qui m'étonne d'ailleurs. Il a simplement quitté le journal et on le cherche depuis lors. J'apprends toute l'affaire par un coup de téléphone de Cormier, qui se trouvait justement dans les locaux du journal, dont il tient occasionnellement la chronique littéraire. Il me rassure cependant, me révélant qu'après le départ de Pierre une majorité des journalistes présents a pris son parti, a reproché à Sardenne sa sortie intempestive. Il est vrai que, jusque là, on n'a pas eu à se plaindre de Pierre au journal où, malgré la violence de son caractère, il passe plutôt pour un franc camarade, toujours prêt à rendre service si on le lui demande. Dans quelques jours, l'incident sera vraisemblablement clos, définitivement oublié. En attendant, je suppose que Pierre est allé passer sa colère auprès de

Catherine. Je m'attriste un peu qu'il ne soit pas passé d'abord rue Bridaine.

Les premières critiques sur mon roman sont bonnes. Je ne parviens pas à m'en réjouir tout à fait en l'absence de Pierre.

10 mai 1942

J'ai achevé hier soir ma relecture des *Faux Monnayeurs*. Admirable, et le mot n'est pas encore assez fort. Mais je me sens toujours incapable de dire tout le bien que cet ouvrage mériterait qu'on dise de lui. Je crois que personne n'a su en parler avec justesse à sa parution.

Pierre s'est annoncé par téléphone : il vient passer l'après-midi de ce dimanche rue Bridaine. J'ai le sentiment qu'il va se passer quelque chose entre nous. Il ne faut pas, surtout, que je prenne toute l'initiative. Je me prends parfois à regretter de si souvent le faire.

Lui parlerai-je du rêve étrange que j'ai fait cette nuit, qui me reste avec tant de précision en mémoire moi qui, d'ordinaire, au réveil, oublie tout aussitôt que j'ai bien pu rêver. Dans ce rêve, je m'apprêtais à gagner la Côte pour quelques semaines. Catherine me regardait achever mes bagages. Elle attendait Pierre, avec qui elle devait partir pour une autre destination. Brusquement, alors que j'étais sur le point de grimper dans mon automobile, elle a couru me demander de l'emmener avec moi et j'ai aussitôt accepté. À la fin du rêve, je retrouvais Pierre à mon retour de villégiature. Il n'avait pas l'air affecté par cette fuite de Catherine en ma compagnie. J'aurai au moins noté ce rêve, si je ne le lui raconte pas tout à l'heure.

En l'attendant, j'écoute Radio Paris. On y célèbre l'anniversaire de l'offensive allemande. Deux ans déjà !

11 mai 1942

Dans la rue, ce matin, une vieille femme expliquait à sa petite-fille — du moins j'ai imaginé qu'elle l'était — pourquoi l'on surnommait les Allemands « doryphores ». Quand elle a réalisé que je l'écoutais, elle a tout à coup blêmi, entraîné l'enfant précipitamment sans achever son explication. Nous vivons une époque où nous n'osons plus faire confiance, où chacun semble espionner l'autre.

Francis Forster, qui me rendait tout à l'heure visite pour me dire tout le bien qu'il pense de mon roman, m'étonnait en regrettant que le Maréchal ait finalement préféré Laval à l'amiral

Darlan, évaluant les qualités et les défauts respectifs des deux hommes. Je l'écoutais sans enthousiasme, ayant le sentiment qu'il n'y avait eu de choix qu'entre la peste et le choléra. Déjà, en 1936, je me souviens que le succès du Front Populaire ne m'avait satisfait que parce qu'il signifiait la défaite d'une droite abhorrée, plongée dans les scandales, incapable de remettre un semblant d'ordre dans le pays.

Forster m'a ensuite montré les croquis des décors de sa nouvelle pièce, décors dont il a confié la réalisation à Camille. Je m'amuse à y reconnaître, parmi tant d'ébauches prometteuses, celle d'un arc de triomphe romain fort semblable à celui de S**, que Pierre m'avait fait admirer le mois dernier. C'est sans doute celui-là même qui a servi de modèle à Camille, qui n'a pu manquer de le remarquer s'il se hasarde parfois à rendre visite à son frère dans sa retraite.

13 mai 1942

Au réveil, ce matin, Pierre m'a souri... Comment lui expliquer à quel point cela me fait plaisir ? Comment alors m'expliquer à moi-même combien cela me fait mal chaque fois que j'y repense depuis ?

Je n'ignore pas que je l'agace parfois, mais je ne peux me résoudre à agir autrement. Ce serait me contrefaire. Je veux qu'il me voie tel que je suis réellement, qu'il ne puisse me reprocher un jour d'avoir cherché à faire illusion. D'ailleurs, si totale que puisse être ma sincérité, il ignore encore tant de choses qui me concernent. Tant de choses qui sont en moi, qui sont moi, que j'aurais justement tant de plaisir à lui faire découvrir. Mais pourquoi se hâter ? Cette propension à vouloir me livrer trop vite, trop entièrement, me fait parfois penser que je crains déjà l'imminence de la rupture.

Avec Sylvain, naguère, cela n'avait déjà pas été facile. J'avais pourtant cessé de l'aimer bien avant qu'il ne se détache de moi. Parce que j'avais trop tôt compris qu'il n'aurait plus besoin de ma présence, sitôt qu'il aurait établi sa notoriété. J'aurais pu chercher à le retenir en lui écrivant quelques beaux rôles. Cela n'aurait fait que retarder ce qui était inéluctable. Cela surtout n'aurait pas été élégant. À plusieurs reprises, justement, Sylvain s'était étonné que je délaisse le théâtre. Écrire des romans, pour lui, cela revenait à perdre son temps. Il s'était alors résolu à jouer les pièces des autres. Comme par défi, il avait de préférence répondu aux avances des auteurs dramatiques que j'appréciais le moins. Je n'avais rien dit. J'avais fait comme si je ne comprenais pas ses intentions. Il s'en était d'ailleurs vite repenti, quelques échecs retentissants ayant, un temps, menacé sa carrière encore fragile. Sagement, il avait de nouveau choisi ses rôles avec plus de clairvoyance, mais plus jamais il ne m'avait consulté ; par fierté sans doute. C'est à cette époque qu'il avait été amené à fréquenter de plus en plus ce même groupe de gens dont André avait su à temps me faire deviner la pernicieuse influence. J'avais, à mon tour, essayé de lui démontrer le danger qu'il y avait à se laisser circonvenir par cette sorte d'hommes qui, s'ils n'étaient pas tous dépourvus de talent, avaient par trop tendance à le gâcher. Il était déjà trop tard. Sylvain ne m'écoutait déjà plus, se satisfaisant de se croire adulé. Je ne l'aimais sans doute plus assez pour avoir la force nécessaire de mener le combat. Étrangement, en constatant les signes de sa déchéance, il y a deux mois, je ne m'étais senti coupable de rien. Je n'en avais pas moins été profondément peiné.

14 mai 1942

Sombre journée. Plusieurs journaux, dont *L'Œuvre*, attaquent *Les angoisses d'un Barbare*, avec une violence qui ne peut dissimuler le règlement de comptes. J'ai beau me persuader qu'il serait vain de chercher là une critique objective de mon roman, la lecture de ces papiers, ce matin, m'a profondément affecté. Je sors à peine de cet état d'abattement qui m'a empêché d'entreprendre quoi que ce soit aujourd'hui. J'ai relégué au fond du tiroir, d'où je les en avais extirpées, les notes prises depuis des années sur mon père, qui devaient servir de matière à mon prochain ouvrage. Les relire en ce moment me serait tout particulièrement douloureux. Je préfère m'abstenir.

Et Pierre n'est pas encore là. J'espère qu'il viendra tôt ce soir. Je sais pourtant qu'il est chez Catherine, qu'ils ont convenu depuis hier de relire ensemble le scénario de Marc, ce qui devrait me donner très peu d'espoir en somme. Mais s'il est heureux là où il est, n'est-ce pas ce qui devrait compter pour moi ? Il faut que j'apprenne à m'effacer. Pas disparaître, non, cela m'est impossible. Juste m'effacer, le laisser respirer quand il croit étouffer sous trop de passion.

Je vais, en l'attendant, en me persuadant qu'il viendra malgré tout, me replonger dans la lecture du *Journal d'un bourgeois de Paris*. Saurai-je ce soir en goûter la saveur, sourire des parallèles que je sais devoir y discerner avec les jours que nous vivons, parallèles qui m'expliqueront aisément pourquoi

Francis a tant insisté pour que je reprenne cette lecture sans atermoiement ?

15 mai 1942

Je me devais de faire acte de présence à l'exposition de Breker. Le petit monde parisien pourra bien en penser ce qu'il veut. Ses statues valent bien une messe de la collaboration.

Tout autour de Breker et de Bonnard se pressaient ceux qui voulaient absolument figurer sur les photos officielles et je ne suis pas sûr d'avoir pu échapper à tous les objectifs. J'ai eu le temps d'échanger avec Cocteau, qui semble particulièrement déçu qu'on lui ait préféré « la Gestapette » pour prononcer le discours d'inauguration (ai-je déjà écrit quelque part que ce n'est que par ce vilain surnom qu'on parle d'Abel Bonnard dans tout Paris, et même dit-on dans les couloirs des hôtels de Vichy, où personne n'a oublié le chauffeur qui lui avait été assigné par les autorités allemandes, tellement il était un condensé du pur aryen à couper le souffle ?). Il s'en consolera avec le temps. Lifar, de loin, m'a fait un petit signe de la main, mais je ne me suis pas approché, retenu par Sacha qui multipliait jeux de mots et plaisanteries en regardant les œuvres exposées. « Si ces statues entraient en érection, on ne pourrait plus circuler », me murmure-t-il, moqueur, vers la fin de la visite.

Il n'a pas tort. Mais je n'ai pas l'intention de renier soudainement le goût que j'ai toujours eu pour l'œuvre de Breker que j'avais rencontré pour la première fois dans l'atelier d'Horzens. On dira que je ne suis pas objectif et qu'il suffit de sculpter des statues d'hommes nus pour me plaire. C'est peut-être vrai, mais il n'empêche que je pense avoir bon goût.

Pendant que nous parcourons ainsi l'Orangerie, il se murmure discrètement (c'est encore Sacha qui me l'apprend) que, juste à côté, au Jeu de Paume, le maréchal Göring serait en train de faire ses achats. Je veux dire par là qu'il serait venu voler quelques œuvres pour sa collection particulière. Il a toujours su s'entourer de belles choses, dit-on, en sachant éviter l'art dégénéré. Mais la rumeur est-elle vraie ? J'interrogerai Pierre, qui connaît plus de secrets que moi.

Avant de rentrer rue Bridaine, j'accompagne Sacha jusque devant chez lui, rue Élisée-Reclus. Nous avons ainsi l'occasion de bavarder à bâtons rompus, comme au temps où il me donnait encore des conseils.

16 mai 1942

J'ai encore eu, aujourd'hui, une assez longue discussion avec Pierre, qui prolongeait celle commencée hier soir ; je devrais dire tôt ce matin, car il est rentré à presque deux heures, bravant les interdits des autorités. Il a été plus disert qu'à l'accoutumée, mais il ne m'est pas possible de tout rapporter ici. Je noterai cependant qu'il m'a avoué que je lui étais indispensable, que ma disparition le laisserait totalement désemparé, lui qui jusque là s'enorgueillissait de se suffire à lui-même. Il m'a même révélé plusieurs détails que j'avais ignorés : qu'au soir d'Itéa, il avait éprouvé la plus terrible douleur de son existence ; qu'aux premiers temps de notre liaison, quand il venait inopinément me surprendre rue Bridaine, qu'il me trouvait si souvent en compagnie de Vlad, il ne pouvait s'empêcher de ressentir à son égard la plus terrible jalousie, alors même qu'il n'ignorait pas qu'il n'existait entre Vladimir Jzabo et moi qu'une franche camaraderie, sympathique survivance de nos années communes à Normale. Cela m'a réconforté d'entendre Pierre me dire tout cela, car je veux pouvoir penser que ses sentiments à mon égard sont les mêmes que ceux que je n'ai cessé d'éprouver pour lui. Évidement, en évoquant le passé, il marque aussi qu'il ne veut pas s'exprimer plus franchement. Il masque habilement le présent, parce qu'il lui faudrait, s'il ne le faisait pas, parler aussi de Catherine. Plus je songe à elle justement, plus je crois que s'il y a effectivement quelqu'un de trop dans notre trio, ce n'est certainement pas moi.

Cet après-midi, je n'avais toujours pas le cœur de me remettre à l'ouvrage. Je suis allé au Normandie en solitaire, où l'on donne *Les inconnus dans la maison*, le dernier film de Decoin. On reconnaît la patte de Simenon, pour lequel André a une telle prédilection ; il m'a si souvent engagé à le lire, jadis, que je vais bien finir par m'y résoudre un jour. Quant au jeune Mouloudji, il pourrait jouer dans n'importe quelle production, que je le verrais toujours avec plaisir, tant j'ai gardé un excellent souvenir des *Disparus de Saint-Agil*, que Pierre m'avait amené voir, un soir que j'étais d'humeur chagrine. Pourtant, si ce nouveau film a tant de raisons de me séduire, et il me séduit en effet par certains côtés, je n'arrive pas à me dégager de cette sensation de malaise qu'il a fait naître en moi. Il faudra que je persuade Pierre de l'aller voir et de me donner là-dessus son sentiment.

19 mai 1942

Ayant achevé hier le *Journal d'un bourgeois de Paris* — Forster, que j'ai pu joindre au téléphone, se félicitait que j'ai suivi si docilement son conseil — je me suis décidé à faire, une nouvelle fois, un bout de chemin avec André. C'est toujours avec le même délice que je me plonge dans *Les Nourritures*, dont je ne parviens jamais à me rassasier tout à fait. Si j'osais, si je ne craignais pas de lui être devenu indifférent après tant d'années et de si cruels malentendus, malentendus dont je suis le seul responsable, j'en ai conscience aujourd'hui, je chercherais à lui écrire. Peut-être, en adressant ma lettre à Roquebrune, saurait-on la lui faire parvenir ? L'idée que ce ne pourrait être qu'une de ces insatisfaisantes cartes interzones me fait renoncer, définitivement.

Pierre, pendant ce temps, est seul dans sa chambre, où il s'efforce de rédiger une lettre de démission à *Je suis partout*, en attendant de se rendre chez Catherine. Il ne veut plus continuer sa collaboration. « Je me suis trop compromis, m'expliquait-il avant de monter, et qui plus est je me suis compromis par paresse. Cela ne peut plus durer ». Les essais de raccommodement, tentés hier encore par Cormier, n'ont pu aboutir. Je crois avoir deviné que l'incident avec Sardenne, l'autre jour, n'est qu'un prétexte que

107

Pierre aura saisi. Sans qu'il ne m'en ait rien dit, je pense avoir compris qu'il s'est fait en lui un changement radical, ce qui éclaire pour moi d'un jour nouveau certains indices que j'avais cru déceler au cours de notre récent voyage.

De toute façon, tout cela m'importe peu en réalité. C'est vis-à-vis de moi seulement que je souhaiterai le voir prendre quelqu'engagement solide, si c'est bien d'engagement qu'il s'agit en l'occurrence. Je ne cesse de l'ennuyer pour qu'il s'y décide enfin, tant j'ai peur, une peur irraisonnée, de le perdre. Dans le même temps, j'entrevois comme je suis maladroit, et cela ne fait que renforcer mon état d'accablement. J'ai le sentiment de ne plus être à la hauteur. Il monte en moi, à de certains moments, une envie de crier que j'ai grand-peine à retenir. Qu'attend-il pour me tendre la main ?

À ma demande, pourtant, et tenant ainsi avec retard la parole donnée, il a promis de ne pas aller demain à la soirée chez Sonia. Je sais qu'il tiendra cette promesse, quoi qu'il dût lui en coûter. Aussi, au lieu de me réjouir, je m'en afflige moi-même, car il lui en coûte justement et je me reproche déjà de l'avoir privé d'un moment de plaisir.

Pourquoi Catherine essaye-t-elle tout le temps de savoir ce que je pense d'elle ? Jamais je ne lui répondrai sincèrement. Je ne peux oublier qu'en proposant à Pierre de l'accompagner à N**, c'est contre moi qu'elle agissait, malgré toutes les dénégations qu'elle a voulu apporter par la suite. Pourquoi ne m'est-elle pas encore totalement antipathique ? Parce que les gens qu'aime Pierre ne me paraissent pas pouvoir être tout à fait méprisables. Et pourtant.

En rangeant quelques papiers, ce matin, j'ai eu la surprise de retrouver les premières pages de ce carnet, datées du 8 février. Je les avais à l'époque arrachées, tout aussitôt après les avoir noircies. J'aurais dû les brûler sur-le-champ. Puisque j'ai cru devoir les conserver, ce dont je ne me souvenais pas, autant les restituer ici, où elles sont à leur place, même si elles n'y sont pas à proprement parler.

« Avoir un compagnon, un seul, et sentir brusquement qu'il s'éloigne, imperceptiblement, lentement, mais sûrement. Vouloir le retenir à tout prix, avec le sentiment que c'est ce dont il a besoin, sans oser pourtant le demander. Se rendre compte, tout à coup, au moment où l'on commence à désespérer, que ce qu'il vous demande, justement, sans jamais le dire ouvertement, c'est de l'aider à s'en aller. Situation abominable s'il en est. Il me faut désormais choisir entre mon bonheur et le sien, alors même que jusqu'à présent ils m'étaient apparus comme une seule et même chose. En fait, la question du choix ne se pose pas : j'ai toujours fait passer ses désirs avant les miens ; aujourd'hui qu'il s'agit de rien moins que son bonheur, il n'y a pas à hésiter : Pierre avant tout. Je ne prétends pas que ce soit facile ; c'est même particulièrement pénible. Il paraît que le sacrifice de soi-même est quelque chose d'exaltant. Je sais en tout cas que je vais souffrir. J'ai déjà commencé. Le plus difficile sera de le cacher, mais je ne désespère pas d'y réussir, tant j'ai appris de la fréquentation des comédiens. À vrai dire, le plus éprouvant, ce n'est pas de sentir qu'on est loin de baigner dans ce qu'on appelle la félicité ; c'est un problème de réminiscence : le plus pénible, pour moi, c'est de me souvenir que j'ai connu cet état avec Pierre. Devant les ruines de Delphes, c'était bien du bonheur. Ma liaison avec Pierre, c'était bien le bonheur, même s'il s'évertue désormais à tout nier pour pouvoir s'éloigner plus facilement. Il faudrait que je l'aide, c'est certain. Mais je ne me sens pas l'étoffe d'un sacrifié. Je crois que je devrais relire *La Joie de vivre*. La première fois que je l'avais lu — je devais avoir seize ans, c'était peu après la disparition de mon père — je me souviens avoir été bouleversé par le choix de l'héroïne, plaçant son amour au-dessus de son propre bonheur, renonçant à l'homme qu'elle aimait, précisément parce qu'elle l'aimait. À mon tour, j'aime comme je n'ai jamais aimé personne jusqu'à présent, comme je n'aimerai jamais personne désormais, ou alors c'est que je saurais faire semblant. On ne retrouve pas un homme de cette trempe. Car, et cela pourrait paraître étrange, malgré toutes ses petites trahisons, je continue à considérer Pierre comme un être hors de pair. Je ne vais bientôt plus avoir le droit de l'aimer, mais je continuerai à l'estimer. Je ne suis pas tout à fait honnête en écrivant cela. Au fond de moi, je souhaite qu'il me soit encore donné de l'aimer longtemps. Je voudrais qu'il vienne me dire, avec sa maladresse coutumière, qu'on en reprend pour quelques années, comme il me l'avait dit, une fois déjà, au lendemain d'une dispute sans gravité ; qu'il vienne me le dire, même si ces bonnes intentions ne doivent durer que quinze jours. Ce serait toujours mieux que rien. De quinze jours en quinze jours, nous aurons peut-être la chance de vieillir côte à côte.

Peut-être avons-nous poussé notre liaison trop loin en cultivant notre idiosyncrasie, en voulant absolument la faire croître hors des sentiers balisés ? Je ne suis pas certain que c'est là la bonne explication. Nous aurions pu encore davantage nous singulariser. Si cela n'avait tenu qu'à moi !

Quelle idée a-t-il eue en décidant de tomber amoureux de Catherine ? Quelle stupide raison m'a retenu de détruire cette relation alors qu'elle commençait à peine, que j'en avais les moyens, que Pierre n'aurait rien fait pour m'en empêcher ? Catherine ne me semblait pas dangereuse, je m'étais convaincu que Pierre s'en lasserait vite. Comme j'ai été aveugle.

Toute cette situation devient trop compliquée pour moi. La meilleure solution serait que je me montre, en cette occasion, aussi ferme et résolu que mon père. Mais voilà : je n'ai jamais été ferme, encore moins résolu. Ma seule force, celle qu'on me prête en société, je la puisais au plus profond de notre amour. Aujourd'hui, je me sens vide. Comme écœuré. Il me vient souvent comme des nausées. Tout ce qui me semblait aisé en compagnie de Pierre me paraît dorénavant irréalisable. Il me faudrait, au moins, une première et une dernière fois, trouver en moi-même assez de force pour accomplir ce qui doit être accompli. Mettre seul le point final. Comme c'est simple à écrire. À faire, c'est autre chose. Alors, justement, que faire ? Je me sens tout prêt à m'écrouler, alors qu'il faudrait au moins que je préserve ma dignité. Mais je me fiche en fait de garder ma dignité. C'est Pierre, et Pierre seul, que je veux garder. »

20 mai 1942

Pierre est rentré ce matin de chez Catherine, déçu par la soirée qu'il y a passée. Il espérait être seul avec elle, elle avait convié son habituelle bande. Le couvre-feu les obligea à rester toute la nuit rue des Abbesses, ce qui n'autorisa guère d'intimité entre Pierre et elle. Comme je l'interroge sur sa mine défaite, il confesse qu'elle s'est une fois de plus refusée à lui, prétextant que les autres, qui campaient dans le salon, auraient pu les entendre. Il m'avoue qu'il a été sur le point de la prendre de force, qu'il a reculé au tout dernier moment, effrayé par l'idée même qu'il risquait de ne plus se contrôler. Il a quitté la rue des Abbesses dès les premières lueurs de l'aube, alors que tous étaient encore profondément endormis. Il se promet de retourner voir Catherine aujourd'hui, d'obtenir d'elle qu'elle s'offre sans qu'il ait à le demander cette fois. J'essaye en vain de le raisonner et de le réconforter en même temps, tant j'ai du mal à discerner ce qui l'emporte en lui de la colère ou de la déception.

Que Catherine me paraît de moins en moins habile ! Toutes ses réactions, les jours derniers, ne lui ont été dictées que par la morale et les préjugés. Elle ne sait pas avoir de jugement personnel. Elle ne peut être qu'une personne normale alors que,

113

justement, les gens normaux sont ceux que Pierre et moi redoutions le plus jusqu'à maintenant. Pierre aurait-il changé à ce point ?

C'est demain que je devais partir pour un voyage en Allemagne. J'ai décliné l'invitation au dernier moment, pressé par Pierre qui a cru me convaincre que je ne devais pas y aller. C'est pour lui complaire seulement que j'ai choisi de demeurer à Paris. Peut-être aussi, sans me l'avouer, ai-je encore quelque amertume de n'avoir pas été invité aux rencontres européennes de Weimar, l'an passé. Je ne crains pas les suites que mon refus pourrait provoquer auprès de l'ambassade. Ce sont les conséquences qu'il entraînera sur le comportement de Pierre qui m'importent.

23 mai 1942

Ernst, que j'ai croisé par hasard, hier soir, au Raphaël, où il était attablé devant un verre, m'a félicité de ne pas être parti. « Ce n'est plus le moment », affirme-t-il d'un ton péremptoire. Il a déjà lu *Les angoisses d'un Barbare*. Tout le bien qu'il m'en dit m'aide à oublier les ignobles critiques de la semaine précédente. Des critiques qui, me fait remarquer Ernst, ont paru peu après mon refus de me rendre à Berlin, alors que tous les premiers papiers, antérieurs à mon désistement, étaient plus qu'élogieux. Je m'étonne de ne pas m'en être rendu compte, alors que pourtant je soupçonnais bien quelque règlement de compte. Mais je croyais, le coup le plus bas venant de *L'Œuvre*, qu'il fallait y voir l'effet d'une jalousie plus personnelle, Florent Damien ne m'ayant jamais pardonné de lui avoir jadis été préféré par Sylvain.

25 mai 1942

J'ai confirmation — par Paul qui, définitivement remis, a pu enfin regagner Paris — de la haine qu'on nourrit à mon encontre dans l'entourage de Catherine. Sonia, en particulier, est bien la plus virulente, alors que je n'ai pas le souvenir d'avoir été le moins du monde désobligeant à son égard. Lorsqu'elle était montée à Paris, au début des années trente, pour tenter d'y faire carrière, et qu'elle était venue frapper à ma porte, comme le faisaient alors tant de jeunes comédiens, à qui ma réussite en remontrait, je l'avais même recommandée à plusieurs metteurs en scène et à quelques directeurs de théâtre. Peut-être espérait-elle plus de moi ? Je ne l'avais pas compris. Tous ces renseignements, Paul les tient de Fauvert, qui fréquente aussi bien chez lui que chez Catherine. Je l'ai supplié d'éviter de nous mettre en présence tous les deux. Il m'a promis d'y prendre garde.

Pierre, je le crois aujourd'hui, est vraiment amoureux de Catherine. À force de le vouloir, il y est parvenu. Triomphe de la volonté. Pierre a cette ténacité qui me manque, cette force de caractère que j'aimerais posséder. Cet amour lui ouvre des perspectives de bonheur auxquelles il n'avait pas osé songer jusque là. Je devrais m'en réjouir. Je ne le peux pas, car je regrette — et je m'en suis ouvert à lui — qu'il soit prêt, pour cet amour, à renoncer à sa personnalité la plus profonde, à devenir à son tour un être ordinaire et policé. J'ai peut-être exagéré tout cela en le lui disant. J'ai peut-être été injuste. C'est que je voudrais tellement qu'il prenne conscience de sa valeur. C'est tel qu'il est qu'il est quelqu'un.

Je me demande toujours si Pierre parviendra un jour à avoir en moi une totale confiance. Certaines confidences ébauchées, des plus intimes, m'ont rappelé qu'il était capable de se fier énormément à moi, par moments. Depuis quelque temps, je sais que quelque chose le ronge, et je crains qu'il ne se laisse ronger complètement avant de m'appeler à son aide.

26 mai 1942

Promenade rue Saint-Denis avec Pierre, cet après-midi. Nous aimons tous les deux à nous attarder devant la fontaine des Innocents, qui fut autrefois le lieu de nos premiers rendez-vous, au temps où nous apprenions à nous connaître.

Puis Pierre m'entraîne au Marboeuf voir *L'amant de Bornéo*. Sans grand intérêt. Comment peut-on tourner de telles inepties ?

Nous sommes de retour rue Bridaine vers 18 heures. Pierre ne reste qu'un instant, prétextant un rendez-vous. Je l'imagine déjà dans les bras de Catherine, quand le voilà qui revient peu après, flanqué d'un grand gaillard qui m'est tout à fait inconnu — qui reste étrangement muet. Pierre m'invite à ne pas poser de questions ; il installe le visiteur dans la petite bibliothèque du bas, où il passera la nuit. Je choisis de monter me coucher, craignant de ne pas pouvoir m'empêcher d'interroger.

27 mai 1942

L'inconnu s'appelle George. C'est un Canadien de Toronto, âgé d'à peine vingt-trois ans. Il venait de finir ses études de chimie quand la guerre a éclaté. Il a choisi de s'engager dans l'aviation de chasse. Son appareil a été abattu, la semaine dernière, quelque part au-dessus de la Beauce. Il n'a échappé aux recherches des Allemands que grâce à l'intervention de résistants locaux qui, aussitôt arrivés sur le lieu où il avait échoué en parachute, ont pris soin de le cacher depuis. Il est arrivé ce matin à Paris, où il doit entrer en contact avec une filière susceptible de lui faire traverser les Pyrénées.

Pierre a donc été contraint, ce matin, de me fournir quelques explications sur la présence de George rue Bridaine. Cela faisait quelque temps, déjà, que je soupçonnais quelque chose. Je n'avais cependant pas imaginé qu'il fut autant impliqué dans la résistance. Pierre évite de m'en dire trop. Pour une fois, je comprends ses réticences à parler. Il lui est nécessaire d'être prudent. Je ne le questionne donc pas, alors que je brûle d'envie d'en savoir davantage. De savoir en particulier qui, parmi nos connaissances, participe aussi à ce genre d'actions. Je me rappelle, en effet, la journée passée au château de Cassagne, où j'avais soupçonné quelque étrange lien entre Jacques et Pierre. Je me tais. Pierre ne me livre que l'essentiel. Il ne dit rien des motivations de son engagement, comme si pour lui elles allaient de soi. Peut-être. Je ressens un peu de dépit de n'avoir pas découvert tout cela moi-même plus tôt. D'avoir cru, pendant si longtemps, que Pierre se satisfaisait de la situation actuelle, telle qu'elle nous avait été imposée. Parce qu'il écrivait dans *Je suis partout*, je pensais qu'il n'avait aucun doute, qu'il y collaborait sans le moindre scrupule de conscience. Sa récente rupture, cependant, avait commencé à éveiller en moi quelque soupçon, car je ne croyais pas pouvoir l'imputer à sa seule inimitié personnelle à l'égard de Sardenne. J'en veux un peu à Pierre de m'avoir si longtemps dissimulé tout cela. Parce que je m'en veux à moi-même de ne pas l'avoir compris tout seul, que je me reproche de ne pas avoir été attentif à son comportement, alors que précisément je ne me suis préoccupé que de lui.

George est resté rue Bridaine toute la journée d'aujourd'hui. L'héberger m'a semblé une évidence. Mais il ne bredouille que quelques mots de français, ce qui n'a pas facilité nos échanges : la langue de Shakespeare ne m'est pas aussi familière que celle de Goethe, et pour cause. Ce n'est donc pas sans difficulté que George nous a initiés, pour tuer le temps, à un jeu de cartes de son pays, une sorte de variante du whist américain. Nous jouons ensemble une grande partie de la journée. George, je dois le préciser, est fort agréable à regarder. Comme j'avais mis ses vêtements à laver, il a passé la journée presque nu, sans fausse pudeur, avec simplement par moments une serviette en guise de pagne. J'ai eu ainsi tout le loisir d'admirer ses fesses musculeuses, ses abdominaux découpés, son sexe épais et ses gros testicules pendants. Si tous les Canadiens sont à son image, le Canada doit être un pays de cocagne.

À cause de la présence de George ici, Pierre a préféré ne pas s'absenter. Il n'est donc pas allé chez Catherine. J'en ai éprouvé un réel plaisir, que je me suis efforcé cependant de dissimuler, par crainte que Pierre n'en saisisse la raison et ne s'en irrite.

George nous a quittés en début de soirée pour rejoindre son contact, quelque part à l'autre bout de Paris. Il n'a pas voulu que nous l'accompagnions. Cela aurait été trop dangereux, a-t-il prétendu. Nous avons convenu d'un message qu'il fera diffuser par la BBC dès qu'il sera parvenu à regagner une terre plus hospitalière ; nous nous refusons à imaginer qu'il pourra échouer dans son entreprise, pourtant si hardie, mais pour laquelle il n'a pas d'autre alternative. *God bless him!*

Cette rencontre inopinée avec George, si brève, a pourtant été comme une bouffée de fraîcheur rue Bridaine. Qui a osé prétendre que Pierre et moi formions un couple fermé ? Seuls les gens sans intérêt sont exclus de notre intimité. Il est vrai que cela fait déjà beaucoup de monde.

28 mai 1942

Je suis parfois las de me battre pour une relation à laquelle apparemment je suis seul à tenir. Je ne veux pas vivre plus longtemps dans l'imaginaire, je vais devenir fou à force de douter. Pourtant, ce lien entre nous existe, je ne suis pas allé l'inventer. Pourquoi Pierre s'obstine-t-il sans cesse à revenir sur ses décisions, à nier ses confidences ? Je suis fatigué de ce qui semble lui être un jeu, je ne sais pas combien de temps je pourrai encore lui donner la réplique. Je suppose qu'il s'en fiche. Je crains de n'avoir plus bientôt la force de continuer à l'aimer. Je souffre. Je dois me taire.

Il me semblait, hier, après le départ de George, que nous n'avions jamais été si proches depuis une éternité. Ce matin, déjà, le voilà qui se refuse à être à mes côtés.

29 mai 1942

J'attends avec impatience son coup de téléphone. Il tarde un peu à se manifester.

Il faudrait que je parle ici de la soirée d'hier. Parce qu'elle me paraît avoir ouvert, entre Pierre et moi, de nouvelles perspectives. Parce que, pour la première fois depuis longtemps, nous nous sommes attaqués à des choses concrètes. Pierre m'a incité à mettre en forme les quelques notes que j'ai prises à l'occasion de notre voyage en Grèce. Il prétend que cela peut faire un petit livre plaisant. Comme je devais paraître hésitant, il m'a proposé sa collaboration ; je me suis empressé de l'accepter, bien entendu ! C'est bien l'unique fois que nous envisageons en commun un projet littéraire. Je ne sais pas ce que cela pourra donner, mais j'aime à le sentir prendre une décision de la sorte, s'engager envers moi.

J'ai essayé d'obtenir de lui des explications sur ce que je serais tenté d'appeler « l'affaire Sonia ». Je me suis heurté à un mur de silence ; insister davantage n'aurait pu que le faire taire tout à fait. Je ne l'ai pas souhaité. J'ai changé de sujet. Cela me conforte, malheureusement, dans mes opinions. L'essentiel reste que je l'aime, en dépit de tout.

1ᵉʳ juin 1942 (attablé à une terrasse du boulevard Saint-Germain)

Je ne sais plus trop que penser de la tournure que prennent les relations de Pierre et Catherine. Il y entre quelque chose de malsain, qu'ils ne peuvent ignorer l'un et l'autre. Je m'interdis toutefois d'en penser quoi que ce soit, par peur qu'un éventuel jugement de ma part ne soit par trop égoïste. Il me semble que je souhaite sincèrement que Pierre trouve son bonheur auprès de Catherine ; mais je suis moins sûr d'accepter le bonheur de Catherine, car son triomphe entraînerait la fin de ma liaison avec Pierre. Je suis de plus en plus persuadé que c'est uniquement ce qu'elle recherche. Détruire par tous les moyens. Détruire avant tout. Volontairement ou pas, elle s'est fait l'instrument de ceux qui ne supportent pas de nous voir heureux, Pierre et moi. Je n'en ai pas été conscient tout d'abord. Je crois en avoir acquis la certitude maintenant. C'est sans doute pour cela que l'attitude de Pierre à l'égard de Sonia m'effraie autant. Catherine, livrée à elle-même, ne présentait aucun danger. Sonia, elle, est bien plus dangereuse, parce qu'elle est l'incarnation même du ressentiment.

Pierre dirait, une fois de plus, que je me pose trop de questions. Il n'aurait pas tout à fait tort. Mais cela m'occupe, en attendant Léon qui doit me retrouver ici. Il m'accompagne au vernissage de l'Académie des Arts, Lettres et Sciences de Neuilly, dans les galeries du Palmarium du jardin d'acclimatation. Ce genre de festivités est de celles que je fuis d'ordinaire comme la peste, mais sachant le plaisir qu'y prend Léon, je n'ai pas cru devoir décliner l'invitation. Je l'ai vraiment trop négligé ces derniers temps. Parce que je me résous difficilement à n'être pour lui qu'un simple ami. J'ai besoin de passion ou de rien.

Il est 21 heures, me voilà rentré rue Bridaine. Rien à dire sur le vernissage : tout y était de convention, y compris les compliments que José Germain a adressés à Léon.

Je viens d'apprendre, par le journal, la nomination de Louis Galey aux fonctions de directeur général du cinéma au secrétariat à l'information. Je ne connais pas personnellement Galey, mais on m'a toujours parlé de lui comme d'un honnête homme. Souhaitons qu'il se consacre à cette nouvelle tâche avec honnêteté, précisément. C'est ce dont le cinéma, de nos jours, a le plus besoin.

23 heures et je ne suis pas encore couché. Alors je rumine. Je suis parfois las de vivre, je crois que cela tient au fait que ma vie actuelle me paraît inintéressante au possible, comparée à tout ce que Pierre et moi avions prévu autrefois de construire

ensemble. Je ne suis plus sûr que c'est la guerre seule qui justifie la mise en sommeil de tant de nos projets.

2 juin 1942

Je viens de relire *Une saison en enfer*, et je m'aperçois qu'à chaque fois Rimbaud me paraît encore plus prodigieux. J'ai plaisir à me souvenir que c'est Pierre, le premier, qui me l'a fait particulièrement goûter.

Changement de style : je reprends *Le Banquet*. J'ai besoin de me réfugier dans les classiques ; ce qui se publie aujourd'hui, à de rares exceptions, me laisse de plus en plus indifférent.

4 juin 1942

Pierre nous a obtenu, hier, une loge à Garnier. Catherine n'étant pas libre — elle tournait aux studios de la Gaumont — nous y entraînons Paul. On y donnait, parmi quatre ballets, le fameux *Entre Deux Rondes* qui, en son temps, fut un des plus beaux rôles de Bertrand. Il avait été nommé étoile à l'issue de la dernière représentation. Il avait tout juste vingt ans. Pierre ne desserre pas les dents de tout le spectacle, je le devine plongé dans trop de souvenirs. Paul, qui ne connaissait pas cette histoire de statues s'éveillant dans la pénombre du Louvre, y prend un réel plaisir. Entre la détresse rentrée de l'un et la joie évidente de l'autre, je ne sais plus quelle contenance adopter.

Après avoir raccompagné Paul jusqu'au bas de son immeuble, à deux pas de Saint-Lazare, je m'étonne de voir Pierre héler un taxi, alors que nous sommes si près de la rue Bridaine. Quand il m'explique qu'il ne rentre pas avec moi, qu'il veut essayer de surprendre Catherine — qu'il espère de retour chez elle — je ne peux m'empêcher de l'envoyer au diable, avec une violence de propos qui ne m'est pas coutumière. Il s'éloigne sans répondre, me laissant pour un instant comme paralysé par la colère. Je m'en veux fort aujourd'hui de cette réaction. Sans doute étais-je excédé de voir qu'il ne comprenait pas à quel point j'avais besoin de lui à ce moment-là. Je ne concevais pas de rentrer seul rue Bridaine. « Excédé » n'est pas le bon mot ; j'étais triste, infiniment triste. Et j'aurais voulu ne pas avoir à le lui manifester ainsi.

Platon achevé, c'est de nouveau dans l'œuvre d'André que je vais musarder, comme je m'y sens à mon aise ! Réceptif.

5 juin 1942

J'ai omis de noter ici, il y a deux jours, les confidences les plus intimes que Pierre m'ait jamais faites sur ses rapports avec Catherine. Avec une précision de technicien, une froideur voulue qui m'aurait épouvantée venant de tout autre que lui. Il est somme toute préférable que j'évoque cela ici sans le développer plus. Mais plus rien de l'anatomie de Catherine ne m'est étranger désormais.

6 juin 1942

Je me dis que j'aurais pu être heureux ; qu'il s'en est fallu de peu. Maintenant, je ne dois plus espérer, car je risquerai de construire mon bonheur au détriment du sien. Savoir s'effacer.

7 juin 1942

Je suis sorti tout à l'heure pour rejoindre Cormier, avec qui je devais faire le point sur les premières ventes de mon roman. Devant l'église des Batignolles, où je tentais d'attraper un vélo-taxi pour pallier mon retard, je me suis soudainement heurté à une jeune femme arborant l'étoile jaune au revers de sa veste. Je ne saurais exprimer le choc que j'ai alors ressenti ; qui, ce soir, alors que j'écris, ne s'est pas encore tout à fait atténué. Comment dire ? Un mélange de colère, de dégoût et d'admiration. Colère face à ces autorités méprisables qui ont osé publier une ordonnance contraignant la population juive à porter cette marque stigmatisante. Dégoût à l'égard de moi-même qui n'a pas eu le courage de m'élever contre cette mesure infamante, qui a cru jusqu'à ce matin que cela pouvait me laisser indifférent, que de toute façon cela ne me regardait pas. Admiration devant cette jeune femme qui portait son étoile non pas avec fierté, ni d'ailleurs avec honte, mais avec je crois le sentiment d'une profonde injustice, d'une incompréhension de ce qu'on lui imposait là, mais aussi une sorte de sympathique bravade, l'envie de nous montrer à tous qu'elle était là, bien là, que rien ne saurait jamais la faire céder. Sur la place, tous ont baissé les yeux en la voyant. C'est eux qui avaient honte. Moi aussi. Tout au long du trajet jusque chez Cormier, je n'ai pu détacher mes pensées de la tache jaune, au côté gauche, à peine un peu au-dessus du cœur.

9 juin 1942

Que dire au juste de ces deux derniers jours, si ce n'est que Pierre est loin de m'avoir déçu ? Il a même su, encore, me surprendre, ce qui confirme, s'il en était encore besoin, que je ne me suis pas illusionné sur sa valeur réelle. Comme j'ai plaisir à pouvoir le noter ici.

Il faut avouer, en plus, qu'il a eu beaucoup de mérite ; en particulier hier au soir quand, quoique lui-même passablement éméché, il n'a pas hésité à m'assister dans mon ivresse.

À vrai dire, je ne me souviens plus de grand-chose. Il avait débarqué en fin d'après-midi, accompagné de Catherine, lesté de plusieurs bouteilles de champagne achetées au marché noir. Elle voulait fêter la fin de son tournage, même si elle n'a dans le film de Marc qu'un rôle fort modeste. La dernière image que j'ai conservée de cette soirée, c'est moi buvant à grands traits dans le verre de Catherine, tandis que celle-ci lisait quelques pages de mon carnet rouge (celui où je consigne exclusivement mes notes de lecture), que Pierre m'avait convaincu de lui prêter. Après, c'est le grand vide. Je me souviens uniquement de la voix de Pierre, et même assez précisément de certaines choses qu'il m'a dites ; qui m'ont fait énormément plaisir, il faut bien le reconnaître (des choses pas très aimables sur Catherine par moments ; à tel point que je me demande si ce n'est pas cela justement qui m'a fait tant plaisir). Comme ce fut agréable, même en rendant mes tripes, de l'entendre me répéter le plus sincèrement du monde, du moins je veux pouvoir le croire, que c'est de moi qu'il avait le plus besoin. Catherine s'était rapidement esquivée, m'a-t-il expliqué ce matin ; il paraît que, sur le moment, j'insistais pour qu'il me laisse afin de la rejoindre. C'est amusant : même complètement ivre, il faut que je joue encore à celui qui se sacrifie. Heureusement, je n'ai jamais cru à la sincérité de l'ébriété.

Ce matin, à aucun moment il ne s'est départi de sa gentillesse ; il fut même tout particulièrement attentionné. Comme j'étais encore un peu nébuleux — je ne suis plus habitué aux excès de quelques sortes qu'ils soient — il a entrepris à ma place de classer les articles de critique que j'ai commencé à collationner.

Puis nous avons bavardé un peu, de choses sans importance apparente. Qui de lui ou de moi a évoqué le premier notre virée au bord de la mer, il y a de cela presque cinq ans ? Il était venu m'attendre en bas de chez Roger, rue du Dragon, dans le petit coupé rouge qu'il avait acheté grâce à l'héritage d'une vieille tante. Sans me laisser le temps de soulever la moindre objection, il avait mis le cap sur Etretat, où nous avions passé deux journées entières à nous baigner, oubliant tout à fait nos engagements parisiens respectifs. Nous n'avions pas trouvé de chambre d'hôtel libre, aussi avions-nous dû passer la nuit allongés sur la plage, comme deux adolescents en fugue. Nous avions fait l'amour longuement, tendrement. Au matin, nous eûmes la mer en manière de tub. Comme il était charmant ce jeune homme à la chemise bleu qui nous observait, en souriant, du haut de la falaise, et que notre nudité ne semblait pas effaroucher le moins du monde.

Pierre m'a laissé un peu avant midi. Que c'est bon d'aimer et d'être aimé par lui ! Évidemment, il me faut partager ses sentiments avec Catherine. Au fond de moi, toujours cette amertume que je n'arrive pas à faire disparaître tout à fait.

12 juin 1942

J'attends Pierre. J'espère qu'il ne tardera plus trop maintenant.

Il m'a fallu, hier, rendre visite à Catherine. Marc, qui n'avait pas réussi à la joindre, m'avait chargé de la convoquer pour aujourd'hui à son studio ; une affaire de scène à retourner, à ce que j'ai cru en saisir. Je suis resté un long moment chez elle, interrompu par plusieurs visites dont je me serais volontiers passé.

Cela faisait bien longtemps que, volontairement, je n'étais plus allé chez Catherine. Mais je n'ai pas balancé à rendre ce service à Marc. Surtout, je voulais essayer de comprendre ce qu'elle avait voulu dire en racontant à Pierre, qui me l'a incidemment rapporté l'autre jour, que je pouvais être « épatant quand je le voulais ».

Je ne suis guère satisfait de sa réponse, toute en demi-teinte. Il aurait fallu, pour que j'aie quelque chance de comprendre, qu'elle me raconte en détail ce que Pierre et moi avons pu dire avant qu'elle ne prenne la fuite, le soir où j'étais ivre. Elle a préféré rester dans le vague et j'ai choisi de ne pas la pousser jusque dans ses derniers retranchements, par crainte de lui faire sentir que, pour une fois, elle avait barre sur moi.

Il est dommage, pourtant, que je n'aie pas pu profiter, dans l'état d'inconscience où j'avais sombré, d'une grande partie de ce que Pierre a pu me dire ce soir-là. Peut-être m'a-t-il dit justement les choses que je voulais entendre depuis longtemps. Comme j'enrage à penser que ces phrases qui m'étaient destinées, c'est

Catherine justement qui les a en partie entendues. J'ai le sentiment qu'elle m'a volé quelque chose d'intime.

Mais je ne désespère pas d'entendre Pierre me répéter tout cela, un jour que je serais à jeun et que je ne lui aurais rien demandé.

J'aurais voulu pouvoir noter dans ces carnets une phrase qu'a prononcée Catherine, mais qu'elle a refusée de m'expliquer. Je ne le ferai pas : son interprétation possible est bien trop dangereuse. Mais j'écris précisément ces lignes pour me rappeler que cette phrase a été prononcée. Tout peut servir un jour.

13 juin 1942 : attendre la fin de la guerre...

Il faudrait que je me persuade que c'est là le but de ma vie. Mais je n'y parviens pas. Pour moi, la fin de la guerre n'était qu'un élément de notre relation. Je veux la fin de la guerre, mais je ne veux pas attendre la fin de la guerre ; c'est tout différent. Je ne comprends donc pas cette fièvre qui possède Pierre et qui le fait chercher à meubler le temps qui nous sépare de la fin du conflit par autre chose que notre amour. S'il lui paraît si peu intéressant en ce moment, comment alors pourrait-il le fixer comme un but pour plus tard ? Cela me paraît extrêmement

133

audacieux. Évidemment, je sais que quand Pierre n'est pas avec moi, il joue tout le temps (même avec Catherine, j'en suis convaincu). Mais ne risque-t-il pas de se prendre à son propre jeu ? On ne triche pas impunément avec les sentiments des autres.

15 juin 1942

Les choses sont de plus en plus incompréhensibles... ou alors c'est moi qui les comprends de moins en moins. Je ne sais plus trop. Pierre agit par moments comme si je n'existais plus ; à d'autres, il manifeste à mon égard une infinité de petites attentions, comme si, effectivement, il ne pouvait se passer de moi.

À tout cela, il faut rajouter ma longue et désespérante entrevue avec Léon. Je crains que nous n'ayons franchi la limite au-delà de laquelle une nouvelle rencontre serait difficilement supportable. Quel gâchis !

20 juin 1942

Pierre est réquisitionné toute la journée. En effet, *Je suis partout* a décidé de changer de locaux. Le journal quitte la rue

Marguerin, où il était logé depuis près de dix-sept mois, pour investir un bâtiment Rue de Rivoli, à quelques pas de l'Hôtel Savoy. C'est tout de suite plus chic. Mais cela demande de transporter un tas de papiers et cela va bien prendre une journée entière.

23 juin 1942

Quelle pénible impression, hier, d'entendre l'Auvergnat, à la radio, souhaiter ouvertement la victoire de l'Allemagne. J'ai pu me laisser abuser quelque temps. J'ai cru, je l'avoue, que la défaite pouvait provoquer chez les Français le sursaut nécessaire après la gabegie de ces dernières années. J'ai lu, avec plaisir, à l'époque, ce qu'en écrivait André. Je lui donnais totalement raison alors. Je ne peux plus être dupe aujourd'hui. Si j'avais encore quelque hésitation, il me suffirait de penser à cette femme, l'autre jour, et à la tache jaune, indélébile, qu'on lui avait imposée comme une flétrissure. Il n'y a pas de salut souhaitable s'il doit passer par l'exclusion de certains. Mais, parce que je me suis si longtemps tu, je ne crois plus possible de ne pas être déjà compté au nombre des complices. Il me faudra un jour payer pour tout cela ; pour tout cela auquel je ne crois plus déjà.

La Relève, je voudrais pouvoir y croire, pourtant. Mais non, on ne m'abusera plus.

28 juin 1942

Je n'arrive plus aussi facilement à écrire dans ces carnets depuis que j'ai donné l'occasion à Pierre de les déflorer, tout récemment, et cela bien qu'il m'ait affirmé ne pas l'avoir saisie.

En fait, je suis de plus en plus perdu. Comme le faisait remarquer Léon, effectivement je souffre. Comment pourrait-il en être autrement ? J'avais un compagnon ; ce compagnon et moi, nous avions décidé tous deux de nous dresser en face du monde ; de vivre, malgré tout ; de nous appuyer l'un sur l'autre, en donnant un peu, beaucoup même, de sa force à l'autre. Aujourd'hui, on voudrait me replonger dans cette affreuse solitude, dont j'ai eu tellement de mal à sortir après ma rupture d'avec Sylvain ; on voudrait que je l'accepte. Maintenant que Pierre et moi sommes devenus une force, on aurait l'intention de me le confisquer ; d'autres devraient profiter de cette ouverture sur la vie que nous avons pu pratiquer ensemble. Évidemment que je ne peux que dire non ! Évidemment que je ne peux que souffrir de voir Pierre prêter la main à cette manœuvre. Par jeu encore ?

Léon parlait de jalousie et d'égoïsme. Peut-être qu'il y a un peu de tout cela, mais pas uniquement. C'est beaucoup plus compliqué qu'il n'y paraît. J'ai pris conscience, peu à peu, que Pierre ou moi cela n'avait de sens que réuni dans une même entité ; je suis certain qu'il pense de même, quoi qu'il en manifeste. En attendant, je souffre, oui, de voir une amitié aussi profonde en train d'agoniser. Je ne veux pas croire que Pierre puisse accepter définitivement de jouer. Moi, je m'y refuse. Je dis non. Je me révolte à ma manière, sans souci d'élégance. Je m'interdis de revenir un seul instant sur ce qu'a été, sur ce que doit être encore notre liaison. Je m'obstine à vouloir aller de l'avant, malgré tout. Mais que peut seul un révolté ? Quand Pierre reviendra-t-il à mon aide, à notre aide ?

J'aurais bien aimé que Léon puisse comprendre tout cela. Mais voilà qu'il s'est mis à raisonner comme les autres, et je n'ai pu le supporter.

29 juin 1942

Je viens d'achever le *Journal intime* de Dabit, que je n'avais pas pris la peine de lire à sa parution. Comme pour les autres ouvrages d'Eugène que j'ai lus naguère (je me souviens tout particulièrement d'*Hôtel du Nord* et de *Faubourgs de Paris*), je suis profondément ému par cette lecture, malgré les redites, les imperfections flagrantes, cette tendance à trop se déboutonner qui lui était coutumière, chaque fois qu'il écrivait. Ce livre, peut-être plus que les précédents, me remue en profondeur. Je ne saurais dire exactement pourquoi, je ne parviens jamais à analyser mes émotions littéraires. Sans aucun doute, j'y trouve des échos de mon aventure avec Pierre (j'emploie bien sûr le mot aventure dans son acception la plus positive). Je crois discerner dans les personnages du Journal intime (que je parviens à ne concevoir que comme des personnages, alors même qu'en plusieurs occasions il m'a été donné d'en rencontrer certains, Biche notamment que j'ai plusieurs fois croisée au Tertre, chez Roger) le même type d'écorchement qu'en moi ; les mêmes angoisses ; de semblables incertitudes. Combien je ressens fortement tout cela !

J'ai prêté à Pierre, il y a déjà plusieurs mois, mon exemplaire de *Petit-Louis*. Sans doute voulais-je, par ce biais, essayer une nouvelle façon de communiquer avec lui ; lui parler sans lui dire directement (un peu comme dans ces carnets, que je sais bien n'avoir conçus que pour lui, si bien qu'en écrivant ici je n'ai jamais tout à fait l'impression de monologuer). Il a abandonné l'ouvrage au bout de peu. Cela m'a tout d'abord profondément déçu : c'était une des premières fois que nos goûts semblaient se heurter aussi violemment ; en général, chacun de nous avait jusque là été conquis par ce que lui faisait découvrir l'autre, me semblait-il ; à cette déception se mêlait de la tristesse, comme c'est toujours le cas quand la déception est liée à Pierre. À y bien réfléchir maintenant, il me paraît que ma première réaction a été trop brusque, trop irraisonnée. D'abord parce que je me suis menti à propos de nos goûts communs. Ils sont nombreux, cela est indéniable, mais il me faut bien admettre, si je les regarde d'un peu plus près, avec la lucidité qui me fait trop souvent défaut quand il s'agit de Pierre, que c'est moi, à chaque fois, qui me suis enthousiasmé pour ce qu'il aimait. Si, d'aventure, il a pu arriver que je lui fasse aimer un écrivain, un tableau, une musique, c'est qu'il était déjà tout prêt à l'admettre dans son panthéon personnel ; qu'il l'aimait avant même de connaître. D'ailleurs son refus de poursuivre la lecture de *Petit-Louis* n'indiquerait-il pas tout le contraire d'un désintérêt ? N'aurait-il pas rejeté le livre par peur de s'y trop retrouver ? Il faut plus que du courage pour supporter son image dans un miroir sans défaut. Je ne désespère pas, cependant, de lui faire reprendre le livre un jour prochain. Car s'il a soudainement interrompu sa lecture, il ne m'a pas pour autant rendu l'ouvrage ; cela devrait m'être comme un encouragement.

J'ai conscience, en écrivant ces lignes, que je ne peux m'interdire de toujours avoir confiance en lui. Je sens bien ce qu'on pourrait voir là de ridicule, d'excessif. Lui-même m'a dit, un jour, que j'avais tort de lui faire confiance en toute occasion. Il me lançait ainsi une espèce de défi. Je crois qu'il cherchait à me mettre à l'épreuve. Prenait-il un risque, ce faisant ? Il doit bien savoir que non. Il doit être convaincu que, malgré toutes ses provocations, je serai toujours là. Car, si je venais à ne plus y être justement, cela voudrait dire que je n'aurais pas été digne de lui. J'ai dû écrire, déjà, qu'il m'arrivait d'être las ; que je n'étais plus certain d'avoir le courage nécessaire pour attendre qu'il me revienne tout entier. Je mentais. Quoi qu'il dût m'en coûter, je fournirai les efforts indispensables, aussi longtemps qu'il me restera un souffle de vie (mais la restriction est d'importance). Je ne cherche pas à discerner si je puis avoir tort ou raison. La raison, précisément, n'a que faire ici. On ne rencontre pas, dans une existence, deux êtres de la valeur de Pierre. Cette chance m'a été offerte, la seule de ma vie, alors je n'entends pas la gâcher. Je n'ai pas su retenir mon père autrefois. Je n'avais pas encore compris qu'une chose n'est pas donnée une fois pour toutes, qu'il faut à chaque instant s'assurer qu'elle est toujours nôtre, œuvrer pour qu'elle ne puisse pas nous échapper. Je voudrais, avec Pierre, ne pas commettre la même erreur. Ne pas être pris en faute. Ne pas faillir.

30 juin 1942

Pierre m'a fait le récit, par le menu, de ses dernières nuits avec Catherine. Il ressort de tout cet étalage — que par moments je suis sur le point d'interrompre, ce que je ne fais pourtant pas, conscient qu'il a besoin de tout dire, et à qui d'autre pourrait-il se confier ? – qu'il est loin d'être un homme sexuellement comblé avec elle. Sa seule satisfaction, c'est d'avoir contraint Catherine à lui céder en tout, et il me semble que pour lui cela importe davantage que le plaisir physique qu'il pourrait en retirer. Cela me serait effrayant venant de n'importe qui d'autre. De Pierre, cela me conforte au contraire dans ce que j'ai toujours pensé. Mais, là encore, c'est à moi d'interpréter, alors que j'aimerais tellement qu'il énonce les choses plus clairement. Comme il aime à le répéter lorsque je le presse un peu trop : « entre nous deux, cela ne sert à rien de dire, c'est évident ». Peut-être est-ce cela notre supériorité, et je devrais m'en convaincre.

1er juillet 1942

Comme ce revoir, hier, fut désespéré, presque tragique. Il nous a été quasiment impossible d'être seuls de toute la journée (plusieurs rendez-vous que je n'avais pas eu le temps de remettre ; la visite impromptue de Paul qui me croyait seul rue Bridaine et était venu pour me distraire d'une solitude qu'il savait pesante ; le téléphonage à Marc, qui rapporte de Zone Sud des nouvelles de tous ceux de nos amis qui attendent des jours meilleurs au soleil) et, le soir, je m'étais engagé à aller écouter le récital de Domenego Alvanjuez au profit des enfants de prisonniers. Il était trop tard pour me décommander sans donner à mon geste une portée politique qu'il n'avait pas. C'est ce dont m'a facilement convaincu Valentin au téléphone (car lui aussi m'a longuement téléphoné pendant l'après-midi). C'est d'ailleurs lui qui est venu me chercher en début de soirée, et j'ai dû laisser Pierre seul, puisqu'il se refusait obstinément à sortir. À mon retour, il dormait déjà. Il dormait toujours, ce matin, quand j'ai dû à nouveau quitter la rue Bridaine pour aller retrouver Jean à son bureau, où nous avons parlé affaires. Jean a le projet, d'ici la fin de l'année, si les événements, dont nous restons tributaires, le permettent, de faire paraître une édition courante de mes traductions de Goethe.

L'idée, bien entendu, lui a été soufflée par ces messieurs de l'Institut. Il s'engage, si je consens à cette opération, à augmenter substantiellement mes mensualités. Il m'est bien difficile de refuser. D'autant plus que Jean, il me faut ici lui rendre cet hommage, a toujours été avec moi d'une correction parfaite dans nos rapports professionnels, aussi bien que dans nos relations privées. J'ai profité de l'occasion pour lui parler de mon nouveau roman. Je ne lui en ai indiqué que la trame, mais il a semblé tout particulièrement enthousiaste et m'a recommandé de m'y mettre dès maintenant d'arrache-pied. Comme je le craignais, l'appartement était désespérément vide à mon retour.

Je n'ai pas eu envie de ressortir, trop fatigué par la soirée d'hier (Alvanjuez, s'il joue divinement, ne sait pas s'arrêter à temps, un peu comme quand il parle). J'ai écrit une longue lettre à Pierre, dont je recopie ici quelques extraits qui me semblent significatifs :

« Tu m'excuseras de te déranger, je sais que tu es très pris en ce moment. Trop pris. Mais je n'ai pas su résister. J'ai trop besoin de te parler, et cela nous a été impossible hier (...) Tu me rétorqueras que ce n'est pas original, que j'ai toujours besoin de te parler. Mais est-ce de ma faute si j'ai l'illusion que tu es le seul à bien vouloir encore m'écouter, le seul à me comprendre un peu ? Peut-être le seul à avoir un jour essayé de me comprendre.

Je suis en ce moment attablé devant ce bloc de papier, dans la chambre du haut ; je ne m'interromps que pour me verser quelques rasades de vodka (tu te souviens ? la bouteille que tu avais rapportée de Dantzig, où tu étais allé, sans moi, en reportage, et que nous n'avions jamais entamée depuis) (...) J'ai une envie folle de gueuler que j'ai besoin de toi (en français ou en allemand, comme tu préfères). Tu dois sans doute me trouver ridicule, tu dois penser que je deviens chaque jour un peu plus insupportable, infréquentable. Non, je m'interdis de croire que tu peux penser cela, même si tu peux avoir raison.

Je sais que depuis des mois tu as la pensée pleine de Catherine. Je ne peux m'insurger contre cela. Je ne peux même pas le regretter, puisque tu prétends que c'est ce qui te rend le moins malheureux. Mais comme j'aimerais que tu te souviennes aussi, par moments, que j'existe. Que c'est idiot de t'écrire cela !

Tout ce que j'éprouve pour toi, je ne reviendrais pas dessus une fois de plus. Tu le sais très exactement maintenant, et tu dois te convaincre que tu n'as pas à en rougir, que tu n'as obtenu de moi que ce que tu méritais. J'aurais encore voulu t'offrir davantage, sans contrepartie. Ce qui importe pour moi,

144

encore une fois, c'est ce que toi tu éprouves pour moi. Je veux t'arracher des aveux complets. Le peu que j'ai pu en deviner — tu ne m'as jamais rendu la tâche aisée — ne peut que m'encourager. Tu es l'unique personne à t'être intéressée à moi, à ce que je suis profondément. Quand tu as accepté ma présence dans ta vie, tu n'as pas posé de condition, tu n'as rien exigé en échange. C'était la première fois qu'on se comportait ainsi avec moi. Cela m'a bouleversé à l'époque. Cela me bouleverse encore aujourd'hui, je n'ai pas pu m'y habituer. Il n'y a pas si longtemps encore, le jour où, sans même que je te le demande, tu m'as annoncé que tu assumerais désormais plus facilement notre relation, tu m'as fait entrevoir que je ne m'étais pas trompé sur ton compte, que le bonheur nous était possible (pourtant, il me faut t'avouer combien le verbe assumer me déplaît d'ordinaire, par ce qu'il implique d'effort de ta part, alors que je voudrais que notre liaison, au contraire, te soit un havre où tu puisses venir te reposer).

On m'a rapporté (et tu imagines aisément qui je dissimule par la tournure impersonnelle) que tu étais ennuyé que je fasse tout reposer sur toi. Si ce qu'on prétend est vrai, il faut te persuader que tu as tort. Je ne te demande rien de plus que ce que tu m'as déjà offert. Il ne s'agit pas de t'efforcer à cela ou à autre chose. Je t'aime parce que je te connais. Parce que je sais quel homme exceptionnel se cache derrière ce pantin qui se confond en sourires dès qu'apparaît Sonia par exemple (pardonne-moi d'évoquer encore Sonia, mais cela m'a fait tellement de mal, bien plus que je n'ai consenti à t'en avouer). Je n'exige rien de toi, le comprends-tu ? Tu ne dois, vis-à-vis de moi, te créer aucune obligation. Vivons, Pierre, sans jamais nous contraindre (...)

Je ne suis pas certain de bien m'expliquer par écrit. Nous en parlerons peut-être un jour, si tu le souhaites. Je vais arrêter là, ce sera mieux (...)

J'ai envie d'être avec toi, de vivre près de toi. Viens si tu veux, fais ce que tu veux ; on m'a trop reproché de t'être un obstacle ; cela précisément je ne le souhaite pas. Je ne veux rien avoir à te demander, jamais. Je vais attendre, sagement (...) j'ai confiance en toi et je t'aime. J'ai confiance en toi puisque je t'aime. »

2 juillet 1942

Je n'ai pas envoyé la lettre à Pierre. Je ne l'enverrai pas. À quoi bon ?

3 juillet 1942

Pierre me téléphone. Il a appris mon départ imminent pour l'Allemagne. Il veut que nous passions ensemble les quelques jours qui me restent. Notre amitié prendrait-elle, elle aussi, un nouveau départ ?

4 juillet 1942

Je n'avais rien écrit jusqu'ici de ma brusque décision de partir trois semaines en Allemagne. Après mon refus, en mai dernier, de me joindre à certains de mes confrères, cela ne contribuera pas à éclaircir ma position, j'en ai bien conscience. Il y a encore peu, je n'aurais pas imaginé me rendre outre-Rhin dans les circonstances actuelles. Mais ai-je vraiment le choix aujourd'hui ? L'invitation, cette fois, a été personnelle et tout particulièrement pressante. Ce n'est plus seulement l'écrivain français qu'on sollicite : Von B*, au nom de l'Académie de Prusse, a été spécialement chargé de me rappeler que je portais un nom trop illustre à Berlin pour qu'un nouveau refus soit toléré par les autorités. Mon cousin, le comte Sébastian von H*, a été appelé en renfort pour me convaincre tout à fait. La lettre qu'il m'adresse est plus qu'insistante. Je le connais trop bien pour ne pas comprendre qu'elle lui a été en grande partie imposée, pour ne pas deviner qu'il pourrait avoir à souffrir personnellement de mon entêtement à ne pas franchir la frontière. Je partirai donc pour Berlin. Sans grand enthousiasme.

5 juillet 1942

Il vaut mieux en rire. C'est officiel, les autorités allemandes ont exigé l'interruption de l'opérette *Ciboulette* — tout un nom — qui se donnait avec succès depuis décembre dernier à Marigny. Et pourtant tous les journaux avaient salué cette reprise. La raison en est fort simple, mais également absurde : les censeurs allemands viendraient de se rendre compte que Reynaldo Hahn, le célèbre compositeur, était l'auteur de ce divertissement. Or il se trouve que selon les critères établis, Hahn est considéré comme demi-juif. Donc interdiction formelle de monter et de montrer la moindre de ses œuvres. Exit *Ciboulette*. L'art français ne perd pas grand-chose j'en conviens, mais jusqu'où ira la sottise de l'Occupant ?

Un de mes cousins résidant à Sigmaringen m'écrivait récemment que, n'osant bannir La Lorelei des manuels scolaires, le poème étant en Allemagne une référence absolue, apprise de génération en génération, Goebbels avait ordonné d'effacer partout le nom de Heine, afin qu'aucun auteur juif ne soit mentionné. On n'a pas hésité, à la place, à écrire « auteur inconnu ». La *Lorelei* ! D'auteur inconnu !

Ich weiß nicht was soll es bedeuten,
Daß ich so traurig bin...

Des années après, on connaît toujours ce poème par cœur.

6 juillet 1942

Après que nous avons déjeuné chez Prunier — où l'on ne connaît pas les restrictions d'usage — Pierre m'a accompagné jusqu'au train. Il m'a abandonné sur le quai, où m'attendait le mentor que m'a délégué l'ambassade d'Allemagne. Pourquoi faut-il donc que nous nous séparions à chaque fois que j'ai autant envie de lui parler ? Comment vais-je le retrouver à la fin de ce mois ? S'il pouvait toujours être comme il était hier, à son retour de chez Catherine, alors qu'il prenait une douche et que je l'entendais siffloter depuis l'étage, lui qui d'ordinaire est des plus taciturnes !

Le jeune lieutenant Hildebrandt, qui a pour charge de m'accompagner, est un jeune homme des plus attachants, je suis bien forcé d'en convenir. Physiquement, il a tout de l'Aryen modèle ; cela en est presque amusant. Nous avons aussitôt décidé de ne nous entretenir qu'en français, langue qu'il manie à la perfection, jusque dans ses moindres finesses. Au moment où la guerre a éclaté, il terminait tout juste des études d'histoire auprès des grands maîtres de Heidelberg, sa conversation ne manque donc pas de profondeur. Avec tact, il évite tout ce qui pourrait nous opposer, aussi conversons-nous sans la moindre gêne jusqu'à une heure fort avancée de la nuit, avant qu'il ne se retire dans son compartiment, tout à côté de celui qu'on m'a alloué — dans un wagon réservé aux passagers allemands, est-il nécessaire que je le précise ici ? Je ne m'endors qu'après avoir lu le dernier numéro de la *Nouvelle Revue Française*, que j'ai reçu juste hier. Je sais, car je l'affirmais moi-même il y a encore peu, que la littérature française doit subsister, quelles que soient les circonstances. À ma façon, j'ai cherché à y contribuer. Mais doit-elle subsister à tout prix ? Il y a loin de cette dernière livraison de Gallimard à ce que pouvait nous offrir l'équipe des temps héroïques. Je ne peux que me féliciter du refus d'André de continuer à y collaborer même si, je le devine, un tel silence doit le chagriner.

9 juillet 1942. Berlin.

Je ne trouve pas le temps d'écrire dans ces carnets. On prend soin d'occuper le moindre de mes instants, de ne me laisser aucun loisir. De toute façon, sans Pierre, les notes que je pourrais prendre n'ont guère de raison d'être, alors autant m'abstenir.

Pourtant, je voudrais laisser quelques traces de mon séjour berlinois. Je ne reconnais plus la ville où j'ai grandi. Elle ne m'est pas devenue étrangère, non, mais elle m'apparaît comme un gigantesque monument sans âme. Quand je peux voler quelques heures à l'emploi du temps qu'on a arrêté pour moi, j'entraîne le lieutenant Hildebrandt — qui a reçu pour consigne de ne pas me lâcher d'une semelle, mais qui s'acquitte de cette tâche ingrate avec une discrétion dont je devrais un jour le remercier — vers les quartiers qui jadis m'étaient si familiers et où, pourtant, je n'éprouve plus la moindre émotion. Je n'appartiens plus à ce monde, j'en ai maintenant la certitude. Ce n'est peut-être qu'au Tiergarten, tôt ce matin, que j'ai pu croire, un bref instant,

151

retrouver les traces de l'adolescent que j'avais été. Le passage d'un groupe de soldats, arborant fièrement les insignes à tête de mort sur leur uniforme, m'a vite rappelé à la réalité, cette réalité que j'avais cru pouvoir oublier. J'ai préféré rentrer aussitôt à l'hôtel Kaiserhof, à la surprise d'Hildebrandt qui avait réussi, non sans peine, à me libérer des obligations de la matinée.

22 juillet 1942. Berlin.

Mon séjour est sur le point de s'achever. Après l'attaché d'ambassade du Chili, il y a quelques jours, c'est l'ambassadeur italien Alfieri qui doit me recevoir ce soir. Il semble que tout le corps diplomatique se soit mis en frais pour moi. En d'autres temps, cela aurait pu m'amuser de devenir la coqueluche des salons. Cela fait plaisir en tout cas au lieutenant Hildebrandt, puisque les ambassades sont les seuls lieux où il est encore possible de danser, et mon jeune compagnon y excelle. J'ai pu d'ailleurs remarquer, à la soirée chez le représentant chilien, qu'il n'avait pas été insensible au charme de la jeune princesse W*. Il ne désespère pas de la retrouver ce soir, car il semble que les Russes blancs soient fort prisés dans les milieux diplomatiques.

L'Allemagne antibolchevique sait reconnaître les bons Russes et se les attacher.

Pourquoi n'avouerais-je pas, moi aussi, l'inclination qui m'a poussé vers le trop jeune Eduard von Galen, qui m'a été présenté il y a cinq jours à peine par mon cousin Sebastian et à qui, depuis lors, je consacre mes rares heures de loisir ? Si j'hésite à en parler, ce n'est pas par pudeur. Il m'est d'ailleurs plutôt plaisant, dans cette grisaille berlinoise, de pouvoir me sentir proche de quelqu'un. Il n'est pas désagréable de se sentir encore désiré. Eduard von Galen est un jeune homme superbe. Il se donne sans façon, c'est le privilège de son jeune âge, c'est aussi l'influence des moments que nous vivons. J'en abuse sans remords, convaincu pourtant que je ne parviendrai jamais à construire quoi que ce soit avec lui ou avec n'importe qui d'autre. Pour bâtir, si j'en avais l'envie, il faudrait d'abord étayer les fondations du couple que je forme avec Pierre. Je sais, c'est désolant. Mais ce n'est pas si tragique puisque Eduard, en l'occurrence, ne me demande rien pour l'avenir et se satisfait du présent qui nous est offert.

Et quel présent ! Un corps ferme d'à peine vingt ans, des petites fesses rebondies où il fait bon se nicher, une langue experte qu'il est inutile de guider, une bouche aux lèvres fines et gourmandes, un torse glabre et déjà musclé…

26 juillet 1942. Berlin.

J'ai fait, cette nuit, mes adieux à Eduard. Tout a été fort convenable jusqu'au bout. Nous étions entre gens du monde. Je ne suis pourtant pas certain de ne pas le regretter.

Je prends le train ce soir, flanqué de l'inévitable Hildebrandt qui, pendant trois semaines, est resté le compagnon agréable que j'avais cru deviner dès notre départ de Paris. Il s'en est fallu de peu, pourtant, que je ne prolonge mon séjour : le prince Constantin de Bavière a longuement insisté pour que j'assiste à son mariage qui doit être célébré, fin août, au château de Sigmaringen (il doit épouser la princesse Maria-Adelgunde de Hohenzollern, dont j'ai fréquenté assidûment le frère autrefois). Mon cousin Sebastian a même proposé de me recevoir, en attendant la cérémonie, dans son château d'Altenburg où j'ai passé plusieurs étés de mon enfance. Hildebrandt, apprenant que sa belle princesse russe devait être de la fête, s'est joint à eux pour me presser d'accepter. J'ai été sur le point de céder, non pas tant pour leur complaire que pour m'offrir encore tout un mois auprès

154

d'Eduard. Mais cela aurait été un mois encore loin de Pierre et je ne m'en sentais pas la force.

Comme s'il voulait me faire regretter ma décision, Eduard cette nuit m'a totalement comblé. Heureux l'homme qui partagera sa vie !

28 juillet 1942

Me voilà de retour rue Bridaine. J'ai revu Pierre ce matin, sitôt arrivé. Je ne sais trop que penser de ce bref revoir. J'ai à la fois l'impression qu'il a eu besoin de moi, qu'il se réjouit de me sentir ici de nouveau et le sentiment qu'il avait très bien vécu mon absence, qu'elle aurait pu se prolonger sans dommage pour lui. Je veux croire que je me trompe sur ce dernier point, que sa retenue évidente n'était qu'une tentative pour me dissimuler un trop plein de tendresse. Laissez-moi rêver en paix, imaginer que sa fuite précipitée — un rendez-vous chez Catherine, bien sûr — n'était pour lui que le moyen de ne pas trop se livrer encore une fois.

1er août 1942

À peine rentré, je replonge dans l'affreuse réalité de l'occupation. J'apprends par Pierre que le mois de juillet a été, à Paris, quelque chose d'épouvantable : pendant que je dansais, insouciant, à la légation du Chili et que je m'oubliais dans les bras d'Eduard, il s'est commis ici un crime effroyable, que l'on voudrait croire irréel. Hélas, réel, il ne l'est que trop. On a massivement raflé les Israélites de Paris. Les hommes, les femmes, les enfants mêmes ont été arrêtés par la police française (oui, je dis bien la police française !), indistinctement, qu'ils soient étrangers ou de nationalité française ; ils ont été tassés dans les autobus de la Ville réquisitionnés à cet effet et conduits au vélodrome d'hiver où, dans des conditions d'hygiène épouvantable, ils ont dû attendre de longues heures avant d'être transférés vers un lieu de détention quelque part dans la région parisienne. C'est ignoble ! Aucun Parisien ne peut ignorer ce qui s'est passé, mais chacun feint de n'en rien savoir, comme pour s'en dédouaner. Au mieux évoque-t-on la fatalité. Comme c'est facile de se dire qu'il n'y avait rien à faire ! Comme il sera facile à nos braves serviteurs de l'ordre, plus tard, de dire qu'ils obéissaient aux consignes, de prétendre que les Allemands auraient agi avec plus de brutalité et qu'en somme c'était beaucoup mieux ainsi. Pierre a été averti la veille qu'il se tramait quelque chose à la Préfecture, car il y entretient quelques relations très bien placées. Certains fonctionnaires, heureusement, commencent à comprendre que tout n'est pas acceptable. Son informateur, hélas, ignorait tout des détails de la sinistre opération ; il avait juste entendu dire qu'elle concernait les Juifs et qu'elle semblait imminente. Une question d'heures tout au plus. Comment aurait-on pu imaginer une rafle d'une telle envergure ? Pierre, n'ayant pu obtenir d'autres renseignements, n'a su que faire de l'information. Dans le doute, et ne voulant pas assister complètement impuissant à ce qui se préparait, il a pensé à notre ami Valentin dont l'épouse, Sarah, est juive et polonaise. Il n'a pas voulu les effrayer, n'étant sûr de rien. Mais il a aussitôt téléphoné chez eux, les a trouvés par chance à leur domicile, a insisté pour les avoir à dîner le soir même rue Bridaine et a pu, en alléguant du couvre-feu, les y retenir pour la nuit. Bien lui en a pris : la rue de Jarente, où ils demeurent, a été bouclée par un cordon de police, tôt le lendemain. Sarah est restée terrée deux journées entières chez nous pendant que Valentin et Pierre sont allés à leur hôtel particulier pour y rechercher quelques effets personnels. Ils ont eu la désagréable surprise d'y trouver le concierge, déjà affairé à déménager une partie du mobilier, ont eu bien du mal à le flanquer à la porte, mais ont préféré ne pas trop s'attarder sur les lieux, le pipelet en s'esquivant ayant proféré des menaces qu'il aurait été dangereux de prendre à la légère. Valentin, qui a voulu toutefois pousser jusque chez ses beaux-parents, rue des Francs-Bourgeois, tout à côté, a trouvé les scellés posés sur leur appartement : on était déjà venu chercher toute la famille Rothenberg. Des voisins, généreusement, quand le bruit s'est répandu dans le quartier qu'on arrêtait tous les Juifs, ont proposé de prendre chez eux la plus jeune sœur de Sarah, Rachel, une gamine de cinq ans, née sur le tard. Le vieux Rothenberg a décliné la proposition ; en patriarche, il a tenu à garder autour de lui toute sa famille. Sans doute voulait-il toujours croire, comme le déplorait Sarah, restée digne dans sa douleur, à l'hospitalité française ; sans doute se refusait-il encore à imaginer que le temps des nouveaux pogroms était venu. Pendant deux jours, Valentin a frappé à toutes les portes pour essayer d'obtenir leur libération. Sans résultat. Au matin du troisième jour, il a dû renoncer et faire de la protection de Sarah sa priorité. Ils ont quitté Paris pour essayer de gagner la Zone Libre. Nous ne pouvons qu'espérer qu'ils y soient parvenus sans encombre.

2 août 1942

Une seule nouvelle réjouissante à noter dans cet océan de noirceur : pendant mon absence, Pierre a entendu, sur les ondes de la BBC, le message tant attendu : « la partie de whist s'est bien terminée ». George, notre compagnon clandestin d'un soir, se trouve à nouveau sous des cieux plus cléments. Je vais pouvoir rêver de son corps athlétique sans le moindre scrupule, le sachant en sécurité.

3 août 1942

Nouvelle soirée à l'Opéra. En compagnie de Pierre. J'ai manqué la première puisque j'étais en Allemagne à ce moment-là, mais je tenais absolument à voir cette prestation. Je suis sorti agréablement surpris par la qualité du spectacle. Tout le corps de ballet s'est donné à fond, du simple quadrille à la danseuse étoile, peut-être pour épater tous ces uniformes allemands assis aux premiers rangs. Il est nécessaire que l'art français, sous toutes ses formes, continue de briller aux yeux du monde. Parmi les ballets qui nous étaient proposés ce soir, l'un d'eux aurait été imposé par les autorités d'Occupation. On va même jusqu'à nous dicter ce que l'on doit danser. Il s'agit de *Joan de Zarissa* de Werner Egk. Ce n'est pas ce qu'on fait de mieux en matière de danse, mais les interprètes sont époustouflants : Solange Schwarz y est bouleversante de grâce, Lycette Darsonval toujours aussi pétillante — ces deux-là ont été promues étoiles la même année si j'ai bonne mémoire —. Yvette Chauviré, qui n'est étoile que depuis quelques mois, suite à sa prestation dans *Ishtar*, ne démérite aucunement et on la devine promise à une grande carrière. Mais encore une fois, je dois accorder une mention particulière à Serge Peretti, dont on se demande si un jour il cessera de progresser. Il est tout simplement brillant dans ce ballet et justifie aisément d'avoir été le premier homme à devenir danseur étoile. Certes, il n'y a pas une prouesse technique qui le rebute, mais on sent bien d'abord qu'il danse avec toute son âme. Quant à Lifar, j'aimerais bien pouvoir écrire ici tout le bien que je pense de lui, aussi bien comme danseur que chorégraphe. Mais depuis que Paris vit à l'heure allemande, il n'est jamais en retard devrais-je dire. Pas un cocktail mondain où il ne soit présent si on lui promet quelques uniformes. C'est plus fort que lui. Je pourrais lui pardonner cet opportunisme, je sais en plus qu'il a pour moi toujours beaucoup de respect et qu'il parle de ce que j'écris avec bienveillance. Mais ce qui ne passe pas, pour moi, c'est la façon

160

dont il affiche haut et fort son antisémitisme. J'avais déjà entendu quelques propos avant-guerre qui m'avaient semblé déplacés. Mais désormais, il ne se retient plus et je l'évite autant que je peux pour ne pas cautionner ses débordements.

4 août 1942

La collection de disques de Pierre — en ai-je déjà parlé ? – est impressionnante, pour ne pas dire déconcertante. Sa mansarde, où il est rarement ces derniers mois, en regorge. C'est Pierre, le premier, qui a entrepris de me faire connaître ce que j'appellerai toujours la « musique nègre », tant elle me semble être, par essence, la musique des Noirs. Il m'y a initié, le mot n'est pas trop fort. Il faut avoir vu Pierre saisir un disque, le manier avec d'infinies précautions, m'en présenter l'interprète ou le compositeur, me conter quelques anecdotes sur l'orchestre ou la séance d'enregistrement, m'extraire la quintessence du morceau qu'il s'apprête à me faire entendre... se mêlent en lui, à ce moment, le sérieux du spécialiste qu'il veut être et l'innocence de l'enfant qui découvre. Pierre ne peut rester impartial quand il parle de musique ; c'est mieux ainsi : il me fait découvrir avec ses yeux ; dès le commencement de notre amitié, il était décidé à me faire aimer ce qu'il aimait, et j'étais prêt à l'accepter. Jamais auparavant je n'avais été aussi réceptif. Je lui dois, en quelques années, de nombreuses heures d'écoute, de nombreuses heures de plaisir partagé. Avec Pierre comme grand prêtre, je n'ai pu qu'idolâtrer le jazz. Pour le jazz — en fait pour Pierre — j'ai même un peu négligé la musique que j'aimais auparavant — qu'elle me pardonne ! Comment aurais-je pu résister à la passion de Pierre ? D'autant plus qu'il maîtrise parfaitement son sujet, comme j'ai pu le constater : il est une espèce d'encyclopédie vivante de la musique de jazz, et j'ai plusieurs fois suggéré qu'il rédige là-dessus quelque chose.

Pourquoi est-ce que je parle ici de tout cela ? Simplement parce que, cet après-midi, le lieutenant Hildebrandt est passé rue Bridaine m'offrir un disque de la divine Billie Holiday. Comment est-il parvenu à se procurer un enregistrement effectué à New York en mai 1941, je l'ignore, même si je devine qu'avec quelques relations bien placées tout doit être possible. Je lui sais gré de s'être souvenu d'une de nos conversations à Berlin, où je lui confessais mon goût immodéré pour Lady Day. Depuis qu'il a pris congé, je ne cesse de remettre le disque sur le phonographe, d'écouter et de réécouter « Solitude », une façon comme une autre de me sentir plus près de Pierre, que je sais actuellement, malheureusement, si éloigné. Alors j'écoute Billie, je ferme les paupières pour mieux m'en imprégner. Je fais en esprit, tandis que la musique pénètre en moi, ce que nous devrions faire ensemble, Pierre et moi. N'est-il pas possible que cela se réalise encore ? Je veux le croire.

6 août 1942

J'ai passé ces deux jours à la campagne, dans la petite ferme où s'est retiré Paul avec son nouveau compagnon, un jeune ingénieur qu'il a connu pendant sa pénible maladie. Il paraît enfin tout à fait heureux, épanoui même. Pierre devait m'y rejoindre, mais nous l'avons attendu en vain. Malgré la chaleureuse hospitalité de Paul, j'avais donc l'impression de perdre mon temps puisqu'il n'était pas là. Je suis rentré rue Bridaine, malgré l'insistance de Paul à me retenir, car, s'il doit se manifester, ce sera probablement ici, à Paris. Je ne veux pas risquer de le manquer.

7 août 1942

Parviendrai-je à saisir un jour toute sa complexité ? J'ai toujours pensé le connaître, et je me demande de plus en plus si je n'étais pas dans l'erreur.

Je me pose principalement cette question en ce qui concerne ses rapports avec les autres, donc indirectement avec moi. La seule constante, la seule chose dont je sois sûr, sur laquelle il n'y aura jamais à revenir, c'est que pendant longtemps — pendant trois ans au moins — il y a eu le couple que nous formions Pierre et moi et pas grand monde autour. C'était tout bonnement divin. C'était le temps des projets, des espoirs. Nous n'avions pas toujours les moyens matériels de mettre nos plans à exécution, mais nous étions sûrs d'y parvenir un jour – et Pierre était sans doute encore plus convaincu que moi à l'époque. Puis est venue cette année critique, l'année où Pierre a eu entre les mains tous les moyens matériels – automobile, argent à profusion... — qui nous avaient fait défaut parfois. Tout aurait dû alors devenir possible, tout aurait pu se concrétiser, malgré les difficultés extérieures. La guerre ne pouvait pas nous être un véritable obstacle. C'est alors que, brusquement, tant de gens se sont intéressés à Pierre. Je préfère taire les noms, par égard pour eux. Mais tous étaient des individus qui, jusque là, le méprisaient plus ou moins ouvertement, qui s'étonnaient que j'en aie fait mon compagnon. Peut-être aurais-je dû le mettre en garde ? Ils se sont mis à lui adresser de grands sourires, ont cherché à le dresser contre moi (ils n'avaient pas, en trois ans, obtenu que ce soit moi qui le renie). Pierre s'est laissé faire. « Je m'amusais », m'a-t-il expliqué un jour. Peut-être s'amusait-il en effet. Mais, aujourd'hui encore, j'ai mal à l'évocation de ces moments, comme j'ai souffert alors de voir que Pierre ne savait pas discerner la véritable amitié de la courtisanerie, qu'il aidait à me frapper au ventre sans éprouver, en apparence, le moindre remords (cela valait sans doute mieux d'ailleurs).

Malgré tout cela, je n'ai pu m'empêcher de le considérer toujours comme mon compagnon. Comme la seule personne que j'aimais vraiment et à l'amour de laquelle je tenais par-dessus tout.

Peut-être parce que je continue à me persuader que, devant les autres, il est toujours en représentation, que cela ne compte donc pas vraiment ; qu'au fond de lui, c'est à moi qu'il accorde ses faveurs — à moi seul. Avant sa trahison, cela ne faisait pour moi aucun doute. Maintenant, c'est un peu différent. Et ce n'en est que plus douloureux, car je me reproche de douter, même un peu, de lui.

Je voudrais me convaincre qu'il n'a pas pu se jouer de moi. Car, en gagnant mon affection, il n'a gagné que moi. Il savait que je n'avais rien d'autre à lui offrir, et cependant il a voulu alors être mon compagnon.

Cela, cette conviction profonde que notre liaison est et demeure vraie, sincère et complète, devrait me suffire. Je ne serai vraiment rassuré que lorsque nous partirons tous les deux loin de cette agitation parisienne qui nous a fait tant de mal, qui est en train de nous gâter. En attendant, je continue à trembler. S'il me croyait plus fort que je ne suis ? Comment rester serein quand je le sais assiégé par tant de gens si malintentionnés ? Je n'excepte personne. Sur Catherine, j'ai longtemps hésité avant de me prononcer, moi qui d'ordinaire — c'est un privilège que je ne partage qu'avec Paul — juge mes contemporains du premier coup d'œil, sans jamais y revenir. Je suis convaincu maintenant d'avoir percé son jeu, tant elle est mauvaise actrice, et je crois qu'elle sait que j'y suis parvenu. Elle ne me le pardonnera jamais. Dont acte.

10 août 1942

Je viens d'achever la lecture d'un remarquable petit roman, tout juste sorti des presses. Je crois n'avoir rien lu d'aussi saisissant depuis quelques années. L'histoire d'un tueur d'Algérien. Cormier, à qui j'ai demandé ce qu'il savait de son jeune auteur, me propose tout simplement de lui rendre visite un jour prochain. Quelle amusante coïncidence que d'apprendre qu'il loge précisément dans le petit studio qu'occupait autrefois Marc. André, même absent, continuerait-il de hanter les lieux et d'en faire profiter les locataires ? (Voilà qui serait un amusant sujet de nouvelle.)

12 août 1942

Mon but initial, dans ces carnets, avait été d'écrire son histoire ; tout du moins de consigner ici des notes pouvant m'aider, plus tard, à retracer cette histoire, à raconter, à révéler ce qu'était Pierre. Je me suis voulu conteur plus que biographe. À l'origine, ces pages ne devaient être qu'un moyen, un instrument de travail, et certainement pas un but en soi.

Mais il m'apparaît de plus en plus que ce matériel est difficilement remaniable. Que la plus petite retouche serait une trahison. L'authentique histoire de Pierre, somme toute, est consignée déjà tout entier dans ces pages où chaque ligne, parce qu'elle a été écrite, donne à voir très exactement ce qu'il est.

Ce que je voulais, quand j'ai commencé à noircir ces feuillets, au début de l'année, c'était effectivement retracer son histoire ou, pour être plus exact, raconter cette histoire pendant qu'elle se déroulait. Par ce récit, je caressais la secrète ambition de montrer Pierre tel qu'il est réellement, convaincu que j'étais le seul à pouvoir le faire.

Pourquoi vouloir le raconter ? Cette question, fondamentale, j'ai refusé de me la poser pendant tout ce temps et me suis satisfait d'écrire. L'absence de Pierre, le vide momentané de mon existence (depuis mon retour de Berlin, je n'ai pas pu me résoudre à commencer vraiment mon nouveau roman, malgré les encouragements de Paul comme de Jean), m'ont conduit à revenir à ce point de départ escamoté jusque là. Aucune des réponses que je pourrais formuler ne me satisfait pleinement. Néanmoins, si je m'oblige à faire le tri, je crois pouvoir dire que cette expérience littéraire, nouvelle pour moi — à l'inverse de nombre d'adolescents, je n'ai jamais ressenti autrefois le besoin de tenir un journal intime — m'est apparue nécessaire lorsque j'ai pris pleinement conscience de la valeur de Pierre, que j'ai su me convaincre que cette valeur était réelle, indépendante de mon attachement pour lui. J'ai voulu porter témoignage de cette valeur, que seul j'avais su percevoir. Parce que fier d'avoir été le premier à la saisir, je voulais cependant offrir cette découverte en partage. J'ai voulu donner Pierre à admirer. Pour être tout à fait honnête, et il me coûte d'écrire cela, je dois préciser que je n'ai tracé les premières lignes qu'à un moment où j'ai crains de le perdre. En parlant de lui, j'ai cru que cela contribuerait à le retenir. L'écriture m'était devenue une arme, un recours.

Je n'ai jamais menti dans ces carnets. C'est la seule chose dont je puisse totalement être satisfait. Car cette honnêteté que je me suis imposée à moi-même, si elle m'a coûté parfois, si elle peut donner de moi une image qui n'est pas toujours flatteuse, qui peut irriter, agacer même, contribue en tout cas à ce que ce soit le véritable Pierre qui vive dans ces notes. Le Pierre sans masque, celui qui ne joue pas. « On met un masque, on joue un rôle », a écrit un jour André à un de ses amis. J'ai arraché celui de Pierre, je l'ai montré tel qu'il est quand il n'est pas en représentation. Tant pis si ces pages ne doivent jamais être lues par un autre que moi, il importe cependant qu'elles aient été écrites. Comme j'aimerais, pourtant, que tout le monde puisse savoir quel être hors du commun est Pierre, comme il mérite d'être aimé, combien se sacrifier pour lui est finalement bien peu de chose en regard de ce qu'il est. Quel dommage que ceux qui le côtoient aujourd'hui ne disposent que d'une apparence et acceptent de s'en contenter.

J'ai, dans les premiers temps, puisque mon propos était de dire Pierre, cherché à m'effacer au maximum, convaincu que c'était l'unique moyen de rester impartial. Mais, bien vite, j'ai dû renoncer, changer de cap : l'impartialité n'était pas possible, puisque raconter Pierre c'était, en même temps, obligatoirement parler de moi. J'ai donc viré de bord, consenti à parler de « nous » et, ce faisant, il m'a semblé que j'éloignais encore davantage la douleur de la rupture. Je crains un peu, maintenant, d'avoir quelque peu négligé mon premier propos, de m'être mis un peu trop en valeur. Je voudrais tâcher de replacer Pierre au premier rang, à sa place initiale. Comment parvenir à m'effacer de sa vie ? Rester proche de mon sujet initial, comme lorsque j'écris mes romans ou mes pièces, tel doit être à nouveau mon but, en dépit de tout. Parler de Pierre, rien que de Pierre. Il y a suffisamment de matière !

Déjà plus d'une semaine que j'attends qu'il me fasse signe, comme nous en avions convenu. J'ignore où il se trouve.

Ses nouvelles responsabilités l'obligent à beaucoup de prudence et je respecte sa discrétion. En l'attendant, je végète : je me sais incomplet. Et je voudrais croire qu'il éprouve ce même sentiment de vacuité.

13 août 1942

« Tout ce que je dis est dépourvu d'intérêt, mais j'ai besoin de le dire. Se taire serait pour moi un poids trop lourd à porter. Je dois parler. Absolument. Il me faut parler pour avoir l'impression, fugace pourtant, d'être quelqu'un. Il me faut le faire pour m'apaiser un peu. Avec l'amertume de n'avoir personne à qui dire... »

Le Monde sera sauvé par quelques-uns, 1936, page 174. (Mon premier roman publié par Jean.)

19 août 1942

Les Alliés ont tenté un débarquement hier, à Dieppe. Un échec cuisant, à propos duquel tous les journaux aux ordres ironisent ce matin. Les Parisiens, aujourd'hui, sont comme prostrés. Ils ne savent plus s'ils doivent encore avoir quelque illusion, rêver d'une libération prochaine. C'est cela le désespoir : avoir trop espéré.

24 août 1942

Je ne quitte pratiquement plus la rue Bridaine. Madame Colas m'apporte le nécessaire à cette vie de reclus, sans s'étonner, comme à son habitude. J'ai peut-être tort d'attendre ainsi. C'est ma façon à moi d'être fidèle. Je m'efforce cependant de faire bonne figure aux visiteurs, que je ne peux pas tous éconduire, qui me distraient un moment, quand l'absence de Pierre devient par trop pesante : Hildebrandt est devenu un familier des lieux ; Cormier est passé deux fois déjà ; Vlad s'est invité à dîner, sans prévenir : il est coutumier du fait et je ne m'en suis jamais formalisé ; Forster doit venir tout à l'heure. Sans oublier Catherine, que je dois supporter plusieurs fois pas jour au téléphone, qui ne veut pas croire que je ne sache pas où se trouve Pierre.

25 août 1942

Et si tout était fini ?

26 août 1942

Vlad a été appréhendé hier matin, conduit au commissariat du 8e arrondissement et depuis on est sans nouvelles de lui. Sa mère m'a averti aujourd'hui, ne sachant vers qui se tourner pour obtenir de l'aide. J'ai passé une partie de la journée en démarches inutiles. J'ai seulement pu apprendre qu'il n'était plus au commissariat et pourtant il est évident qu'il n'a pas été remis en liberté. J'ai questionné en vain l'Ambassade, où il semble bien qu'on ignore tout de cette affaire. J'ai quand même préféré alerter Hildebrandt, qui m'a promis de mener sa propre enquête et doit rappeler aussitôt qu'il aura quelque information.

Que peut-on bien reprocher à Vlad ? On n'a rien voulu me dire au commissariat, d'où l'on m'a proprement éconduit. Je me suis interrogé toute la journée, sans pouvoir formuler de réponse convaincante. Je ne parviens pas à soupçonner, chez lui, quelques agissements mystérieux qui aient pu donner lieu à des poursuites officielles. Vlad s'est toujours désintéressé de la politique. « Je me contente de vivre et c'est déjà une lourde tâche », me répétait-il encore l'autre soir, au cours du dîner improvisé que nous avions partagé. Je l'ai toujours connu ainsi, transparent, limpide, comme pour mieux ne pas donner de prise.

173

Il me semble que j'ai toujours connu Vlad, alors que nous ne nous sommes rencontrés que lorsque nous préparions notre concours pour entrer à Normale. Vlad... je ne l'ai jamais appelé que comme cela. Moi qui d'ordinaire déteste les diminutifs, abhorre les surnoms, je n'ai jamais pu prononcer son prénom en entier. Vlad, cela sonne très bien ainsi écourté. C'est comme un Transsibérien qui n'aurait pas de fin, qui se refuserait à atteindre la mer. Perfection de ce qui demeure inachevé. D'emblée, nous avons été proches, nous nous sommes liés d'une indéfectible camaraderie. Jacques de Lestoure, lui, ne nous a rejoints que deux ans plus tard, après notre succès à l'École. Rien ne m'est plus cher, aujourd'hui encore, que ces amitiés de jeune homme, qui n'étaient jamais calculées et, précisément, n'en étaient que plus sincères.

Je crois ne rien ignorer de Vlad. Il s'est toujours livré totalement, sans même qu'on le questionne. Et je le soupçonne précisément de s'être toujours autant livré pour éviter qu'on le questionne, pour rester le maître du jeu...

Vladimir Jzabo, de son vrai nom Vladimir Borissevitch Loukhomski. Jzabo est le nom de sa mère, née citoyenne austro-hongroise ; Vlad a opté pour ce nom dès son arrivée en France, par coquetterie a-t-il toujours prétendu, à la manière de ces héros

174

de Balzac qui croyaient ainsi assurer leur fortune. Il est né quelque part aux marches de l'Ukraine, dans un domaine dont je n'ai pu retenir le nom. Sa famille paternelle, aussi loin qu'on puisse remonter les branches de son arbre généalogique, n'est faite que d'officiers du tsar, partageant leur existence entre Saint-Pétersbourg et leurs vastes propriétés foncières. Vlad aime à parler de ses ancêtres, comme il l'eût fait de vieilles connaissances perdues de vue depuis longtemps. Je l'ai souvent soupçonné d'inventer une partie de ses anecdotes, tant je lui connais une imagination prolixe. Le plus original de ses aïeux, s'il n'est pas en partie imaginaire, est assurément le général Alexandre Nikolaïevitch Loukhomski. Favori du tsar Alexandre Ier, il aurait été à l'origine des grandes réformes amorcées au début du règne et c'est lui qui, dans l'ombre, aurait ménagé l'entrevue de Tilsit. L'année suivante, pourtant, il perdra la faveur du souverain, pour des raisons que les historiens russes n'ont jamais pu élucider Vlad, lui, nous en avait fourni tous les éléments sous le sceau du plus grand secret, les Loukhomski s'étant efforcés depuis lors de dissimuler les causes d'une aussi soudaine disgrâce : le très estimé Alexandre Nikolaïevitch aurait été surpris, dans une pose fort suspecte, en compagnie d'un jeune officier de la garde personnelle de l'empereur. L'affaire n'aurait pas eu de suite, prétendait Vlad, le vice grec étant en ces années aussi répandu à la cour des tsars que dans les corridors du château de Potsdam, si l'empereur lui-même n'avait eu des visées sur le trop bel officier. On avait donc fait donner la bastonnade au jeune Apollon, on l'avait déporté vers quelque lointaine colonie sibérienne et l'on avait prié fermement le favori de se retirer dans ses terres. Fort peu désireux de s'étioler au milieu de moujiks ennuyeux (« chez nous, les moujiks sont ennuyeux pas définition », proférait Vlad), le fougueux Alexandre était allé mettre son épée au service du sultan. L'histoire aurait pu s'arrêter là, que déjà elle aurait fourni matière à anecdotes. Mais Vlad aimait en rajouter, il faisait resurgir son aïeul — mystérieusement pardonné ? — en plein combat de Smolensk, où il était le dernier à faire retraite devant la Grande Armée, couvert de blessures auxquelles n'aurait pas résisté un escadron de cosaques au complet. On le retrouvait, peu après, totalement rétabli, harcelant l'arrière-garde française au cours de sa tragique retraite. Nous ne sûmes jamais rien de la glorieuse carrière d'Alexandre Nikolaïevitch Loukhomski : après la traversée de La Bérézina, Vlad s'apprêtait à lui faire épouser la plus belle des jeunes filles de toutes les Russies — dont le jeune frère, au demeurant, ne manquait pas non plus de charme — quand Jacques de Lestoure

176

s'était élevé avec véhémence pour empêcher que les noces soient célébrées : Vlad était allé trop loin en voulant marier son héros à la jeune Sophie Rostopchine, la fille du gouverneur de Moscou, au mépris de toute vraisemblance historique. Exit le pauvre Alexandre, dont nous n'entendîmes plus jamais parler.

Au milieu de tant d'illustres ancêtres, réels ou imaginaires, le destin de Vlad aurait pu paraître un peu terne. Il n'en était rien. Or, étrangement, s'il parlait de sa vie d'autrefois sans se faire prier, il ne le faisait qu'avec un dépouillement extrême. Son père, Boris Piotrovitch Loukhomski, lui aussi général, avait été fusillé peu de temps après la révolution d'octobre, à Perm, en compagnie des grands-ducs qui y étaient retenus captifs. Son frère aîné, Alexandre, s'était engagé dans les armées blanches de Denikine et n'avait plus jamais donné signe de vie. L'une de ses sœurs, Natacha, surprise à Kiev par les événements, était devenue la maîtresse d'un des plus terribles atamans de Petlioura. Capturée par les troupes anarchistes de Makhno, elle avait cru sa dernière heure venue : son beau cosaque, convaincu d'avoir orchestré d'abominables pogroms, avait été aussitôt passé par les armes. Natacha, à sa grande surprise, eut droit à un procès régulier, à l'issue duquel elle fut même relaxée. Elle put avertir sa famille, réfugiée à Odessa sous la protection des détachements français.

Elle projetait de les rejoindre quand l'Armée Rouge investit la capitale ukrainienne. Le nom qu'elle portait, et qu'elle s'était refusée à dissimuler, avait suffi pour la mener dans les caves de la Tcheka où, sans procès cette fois, elle fut, comme tant d'autres, abattue d'une balle dans la nuque. Ce qui subsistait encore de la famille Loukhomski — Élisabeth la mère, Vlad et ses deux jeunes sœurs, Katharina et Olga — avait pris le chemin de l'exil sur une embarcation française.

S'il ne reniait rien de ses origines russes, Vlad s'était toujours considéré comme français à part entière. Élevé depuis sa petite enfance par des gouvernantes françaises — cela était de bon goût dans l'aristocratie russe — il parlait le français à la perfection. Il avait pu poursuivre ainsi sans difficulté des études à peine entamées et, rapidement, avait opté pour la nationalité de son nouveau pays. Il ne vivait pas dans la nostalgie de la Russie d'antan. Sa mère, elle-même, parlait rarement des fastes de Saint-Pétersbourg, qu'elle avait bien connus, alors qu'elle était intarissable sur Vienne, où elle avait vécu, avant son mariage, dans l'intimité des plus grands artistes. Je crois que, de tous les amis de Vlad, j'étais celui pour qui elle avait une particulière affection, parce que j'étais le seul avec qui elle pouvait s'entretenir en allemand. J'avais très peu connu les sœurs de

178

Vlad. Katharina, mariée à un diplomate britannique, avait quitté la France avant que je n'aie fait la connaissance de son frère. Je ne fis que l'entrevoir à Londres, où j'avais suivi Sylvain qui y donnait quelques représentations. Jacques de Lestoure avait, un temps, été épris d'Olga ; nous déjeunions tous les deux parfois, le dimanche, dans la famille de Vlad. Puis la jeune fille était partie poursuivre des études aux États-Unis, et nous n'avions eu de ses nouvelles que très épisodiquement. Pierre s'était vite consolé en rencontrant Marianne, à peu de temps de là. Elisabeth Loukhomski, dès lors, n'avait plus vécu que pour son fils. Je comprends sans peine combien elle doit trembler pour lui en ce moment...

27 août 1942

Nacht und Nebel. Nous ne saurons jamais ce qu'il est advenu de Vlad. Hildebrandt vient de me l'annoncer. Nuit et brouillard. Dans le langage des nouveaux maîtres, cela signifie qu'aucune information ne doit filtrer.

Je suis trop effondré pour en écrire davantage. J'appréhende le moment où il me faudra l'avouer à sa mère. Et je n'en ressens que plus durement l'absence de Pierre.

28 août 1942

Je retranscris ici deux anciennes lettres que j'avais écrites et que, comme tant d'autres, je ne lui ai jamais fait parvenir.

1ère lettre, datée d'octobre 1941 :

« Tu ne sembles pas décidé à me répondre. Je vais patiemment attendre jusqu'à lundi pour le cas où tu te manifesterais, puis je me résoudrai à envoyer cette lettre, car cela ne peut plus durer ainsi ; pour moi en tout cas. Tu m'as dit, l'autre soir, qu'il ne fallait pas que je me mette d'idées saugrenues en tête. Cela t'était facile à dire. Reconnais cependant que j'ai nombre de raisons pour cela. La principale est ton silence depuis lors, précisément. Tu m'as toujours affirmé que tu ne voyais pas l'intérêt de répondre aux lettres des gens qui t'indifféraient : dois-je, aujourd'hui, penser que tu me ranges parmi eux ? Tu prétends avoir compris mes précédentes lettres. Je m'en réjouis si cela est. Mais moi, justement, je ne comprends plus du tout. Je m'enfonce chaque jour un peu plus. J'essaye de savoir ce que j'ai pu faire — ou ce que j'ai omis de faire au contraire — pour que tu t'éloignes ainsi, subitement. Je ne vois pas de quoi je suis coupable. D'ailleurs, t'éloignes-tu vraiment ? La dernière fois que tu es passé rue Bridaine, tu as bien dû venir pour moi, puisque tu n'avais, pour reprendre les termes mêmes que tu as incidemment employés ce jour-là, "rien de bien particulier à faire à l'appartement". Alors ? Je ne te reproche pas ton absence, je sais que des obligations te tiennent momentanément et involontairement éloigné de Paris. C'est ton mutisme qui m'effraie, que je ne parviens pas à admettre ni à comprendre. J'ai l'impression que tu ne veux plus rien me dire, que tu n'as plus rien à me dire, que l'échange, entre nous, t'est devenu inutile. C'est une impression tout particulièrement horrible.

Ce que tu représentes pour moi, je te l'ai dit. N'y revenons pas, même si, peut-être, la répétition n'était pas tout à fait superflue. Je ne t'ai pas menti, tu peux en être assuré, sinon pourquoi serais-je toujours ainsi à te relancer ? Ah, Pierre, pourquoi ne sommes-nous pas restés en Grèce, quand il était encore temps ?

Ce que tu penses de moi, en revanche, je l'ignore en grande partie. J'en suis réduit aux hypothèses et, parfois, je suis si peu sûr de moi que j'envisage le pire, malgré tout ce qu'il y a pu avoir de concret entre nous. Est-ce que je me trompe ?

Je sens bien combien mes lettres — si jamais elles te parviennent toutes — doivent t'irriter. Je m'accroche comme je peux, maladroitement donc. J'en arrive à me dégoûter : je me fais l'effet d'une vieille maîtresse qui relance son jeune amant. J'ai besoin que tu me dises que tout cela est faux. J'ai besoin que tu me rassures.

Tous nos projets, que deviennent-ils dans tout cela ? Je ne parviens pas à les considérer comme s'ils n'avaient jamais été. À eux aussi, je me raccroche. J'entreprends pour nous, mais comme c'est déprimant de le faire seul.

Peut-être seras-tu de retour dès lundi ? Une fois de plus, je ne quitterai pas l'appartement, je passerai la journée à t'attendre, à guetter ton pas. Comme je dois te sembler grotesque. Tant pis. J'attendrai au risque d'être ridicule. Car, en dépit de tout, je ne désespère pas tout à fait. Je veux te faire confiance encore, malgré ce long silence qui me blesse. Je ne sais pas, par contre, combien de temps je tiendrai ainsi. On verra bien.

J'ignore si cette lettre te paraîtra plus ou moins sereine que les autres. J'espère, de toute façon, ne pas être dans l'obligation de l'envoyer. Il y a tant de choses dont j'aimerais encore te parler, mais je crois préférable d'attendre ton retour pour t'en entretenir.

Oserais-je seulement te l'envoyer, cette lettre ? Je l'ai conçue un peu comme un appel au secours. C'est humiliant, paraît-il, d'appeler au secours. »

$2^{\text{ème}}$ lettre, non datée, mais probablement écrite fin novembre 1941 :

« Je commence cette lettre aujourd'hui dimanche. Je la déposerai à la poste demain, si d'ici là je n'ai pas de tes nouvelles. Je devrais logiquement en avoir. De toute façon, au plus tard, nous serons à même de bavarder mardi.

Cela devient de plus en plus nécessaire puisque — volontairement ou pas — tu remets tout un tas de choses en question, ou tout au moins tu sembles le faire. Je ne te demande pas de t'engager davantage, je te demande par contre, si tu en es encore capable, un tout petit peu de franchise (...) Si tu préfères que nous mettions un point final à notre relation, si tu te plais davantage en la compagnie de Camille (je cite Camille pour les raisons que tu imagines sans peine, même si je ne pense pas exclusivement à lui en l'occurrence), il vaudrait mieux me le dire une fois pour toutes.

Mais je n'y crois pas. Je suis persuadé que nous ne pouvons que demeurer les meilleurs compagnons qui soient. Il n'en est pas moins vrai, malgré cette conviction que j'affiche pour me donner un peu de contenance, que j'aurais besoin d'être rassuré. Depuis le fameux jour que tu sais, rien ne m'est plus aussi facile. Parce que jusqu'à ce jour, précisément, je n'aurais jamais pu imaginer que tu puisses trahir sciemment notre légendaire complicité, que tu puisses me négliger au point de m'oublier ainsi. J'essaye pourtant de me persuader que ça n'a été qu'un mauvais rêve.

Je ne veux pas être à toi qu'à moitié. Cela ne me satisfait pas. À propos de ce qui s'est passé mercredi soir, j'échafaude les hypothèses les plus folles. Deux en particulier :

Tu as souhaité passer la soirée chez Camille et ne partir que le lendemain. Cette première hypothèse me semble pourtant peu convaincante, car tu n'avais aucune raison pour vouloir me le dissimuler. Ou alors, cela voudrait dire que tu n'as plus confiance en moi. Pire, que tu te défies de moi. Ce serait pathétique si nous en étions arrivés là sans que je m'en rende compte. En réalité, il m'est difficile de concevoir que tu aies préféré passer une soirée chez Camille, dans ce milieu frelaté, plutôt qu'en ma compagnie. Cela, si c'était avéré, bouleverserait trop l'ordre des choses auxquelles je me suis habitué.

Je crois plutôt que tout ce malentendu est à mettre, une fois encore, sur le compte de ton état moral, que c'est lui qui est seul en cause. Nous prendrons le temps d'en reparler mardi. Dès maintenant toutefois, je voudrais te répéter ce que je t'ai déjà dit

184

tant de fois et que tu ne sembles pas décidé à admettre pourtant. Il faudrait, dorénavant, que tu en sois convaincu. Tu ne dois pas craindre de me demander mon aide. J'exige même que tu aies plus souvent recours à moi quand l'existence te paraît avoir un goût trop fade. Laisse-moi au moins l'illusion que je peux t'être utile ! (...)

Que tu le veuilles ou non, nous en revenons toujours à la même lancinante question, celle que tu esquives sans cesse : ce que je suis pour toi. Pourquoi ne pas le dire franchement, une fois pour toutes ? Allez, un bon mouvement (...)

Je suis heureux avec toi. Si la réciproque était fausse, je n'aurais plus ma place à tes côtés. Il me faudrait le savoir pour en tirer les conclusions nécessaires. Ma présence à tes côtés ne se justifie que si tu la souhaites expressément et pleinement. L'habitude n'est plus en ce domaine une justification satisfaisante (...)

C'est peut-être un engagement, en fait, que je te demande. Une fois de plus, penseras-tu. »

29 août 1942

Trop de choses se bousculent aujourd'hui pour que je puisse toutes les noter en détail. Quelques lignes cependant, que je tâcherai de développer ultérieurement :

Plusieurs démarches, dont j'ai pris l'initiative, n'ont pu, comme nous le craignions hélas, nous faire obtenir la moindre nouvelle de Vlad. J'ai fait, ce matin, une autre tentative en rédigeant une supplique — que beaucoup de nos amis ont courageusement accepté de signer — que je déposerai demain à l'ambassade. À tout hasard, et sans même que je le lui ai demandé, Hildebrandt a pris contact avec un de ses amis de Berlin, qu'il m'avait présenté en juillet dernier, qui occupe un poste de confiance à l'OKW. Nous ne nous faisons cependant plus guère d'illusions. Elisabeth Loukhomski, à qui je rendais visite ce matin encore, me semblait désespérément résignée. Elle a pourtant, elle aussi, après tant d'années, cherché à renouer avec d'anciennes relations viennoises, de celles qui se sont assez bien accommodées du nouveau régime. Sans résultat probant.

Je suis toujours sans nouvelles de Pierre. J'ai hâte qu'il revienne. Je ne crois plus que le silence qu'il s'impose soit uniquement dicté par la prudence. J'ai le sentiment qu'il cherche également à m'éprouver, ce qui m'est tout particulièrement pénible. Catherine, que j'ai eue brièvement au téléphone tout à l'heure, m'a paru, pour une fois, sincère. Je suis quoi qu'il en soit prudemment resté sur mes gardes.

1er septembre 1942

Parviendrai-je, dans ces carnets, à n'être enfin qu'un chroniqueur ? Il faudrait que je m'y décide. Je devrais ainsi, chaque jour, entreprendre de relater un souvenir sur Pierre. M'obliger à un par jour. Et épuiser ainsi progressivement — du moins tenter d'épuiser — les années que nous avons vécues ensemble dans un bonheur presque trop éclatant. Je pourrais commencer, tout simplement, par notre première rencontre, dans les coulisses du théâtre, en 1937. Il me faudrait choisir, pour chaque année, un point culminant. Pour 1937, par exemple, ce serait assez aisé : ce serait probablement le jour où Pierre et moi eûmes la révélation du lien véritable qui nous unissait. C'était, je m'en souviens, à l'issue d'une soirée que j'avais donnée rue Bridaine. Pierre était resté pour m'aider à remettre un peu d'ordre, après le départ des convives, et pour la première fois je m'étais surpris à parler de mon père à quelqu'un. La confidence n'était

187

pas anodine, puisqu'avec tout autre le sujet était tabou, que j'esquivais abruptement la moindre interrogation d'où quelle vienne et quel qu'en en soit la raison.

Il va falloir que je me décide. Rapidement. Ces notes sur Pierre ne pourront qu'y gagner en vérité si tant est que la vérité puisse exister dans ce domaine de la narration.

2 septembre 1942

Je me souviens, un jour que j'avais reproché à Pierre d'être parfois si cruel à mon endroit, comme il avait mal pris la chose. « C'est toi qui es cruel de m'en faire le reproche », avait-il renchéri. Il avait raison : il n'y a rien de plus monstrueux que de faire prendre conscience de ses faiblesses à celui qu'on aime.

3 septembre 1942

Une des plus grandes joies qu'il m'ait faites, c'est lorsqu'il avait débarqué sans prévenir rue Bridaine, un après-midi, avec ses deux valises ; qu'il s'était installé sans même m'en demander la permission, comme si cela allait de soi au point où nous étions parvenus.

5 septembre 1942

Cette perspective d'un retour annoncé, même si j'en ignore la date précise, a sonné le glas de ma vie de reclus. J'ai passé la journée au-dehors, ce qui ne m'était pas arrivé depuis longtemps. Paris, en septembre, m'a toujours été une ville délicieuse. On y perçoit l'approche des premiers frimas, sans avoir besoin de s'en protéger. Je ne suis repassé qu'un court instant rue Bridaine. Je dois encore me changer avant d'aller rejoindre Klaus Hildebrandt. Il m'a fixé rendez-vous tout à côté, place Clichy, devant le café Wepler, ou plutôt devant ce qui était le café Wepler, puisqu'on l'a reconverti en *Soldatenheim* dès le début de l'occupation et qu'Hildebrandt y a précisément ses habitudes depuis qu'il a été affecté dans la capitale. Il a été convenu que nous passerions la soirée ensemble sur la Butte.

Je lui ai déjà concocté un petit programme pour touriste éclairé. Il doit absolument découvrir, entre autres originalités, la boutique d'Émile Boyer, *Au singe qui lit*. Le fouillis de cette espèce d'épicerie brocante, place du Tertre, me ravit à chaque fois. Il y a quelques années encore on pouvait y dénicher des tableaux qui en valaient la peine, je me souviens d'y avoir trouvé un petit Corot, un charmant paysage de campagne, qui est aujourd'hui en bonne place sur un des murs de la rue Bridaine. Sur la droite du tableau de dressent de grands aulnes majestueux, tandis que la partie gauche est occupée par un petit étang, le tout dans un ciel nuageux qui semble se couvrir de plus en plus. Je l'avais payé trois fois rien alors que récemment, à Drouot, une œuvre similaire du même peintre s'est vendue 28 000 francs et l'on m'assure que les prix devraient encore monter de façon spectaculaire.

6 septembre 1942

J'ai quelque peine à noter ici la soirée passée hier avec Klaus. Non pas que j'éprouve, à proprement parler, de remords. Je crains seulement de ne pas avoir été à la hauteur de ce qu'il m'a semblé escompter.

Après avoir longtemps arpenté les petites rues de la Butte, afin de montrer à Klaus tous les endroits que je connais, mais que le premier venu ignore, nous sommes allés souper À la mère Catherine, l'uniforme de Klaus nous en ouvrant grand les portes. Les clients sont essentiellement allemands, mais certains de ces messieurs sont accompagnés de charmantes Parisiennes, des jeunes femmes qui ont succombé aux charmes de l'uniforme ou de celui qui le porte. Certaines, j'en suis convaincu, sont vraiment amoureuses de leur compagnon d'outre-Rhin et elles ne veulent pas voir les regards noirs que leur jettent les passants quand elles se promènent au bras de leur galant. Afin de s'adapter à la clientèle, le restaurant propose désormais des menus bilingues. Quelle délicatesse ! Au sortir de table, après un repas bien arrosé, Klaus a voulu découvrir le Paris de la Nuit, du moins ce qu'il en reste aujourd'hui où beaucoup d'endroits ont fermé, leurs propriétaires ayant souvent trouvé plus prudent de franchir la ligne de démarcation. Il a tellement insisté pour connaître le Tabarin, dont tous les fascicules à destination des soldats allemands font la publicité, que j'ai accepté de l'y emmener pour lui complaire.

Nous ne nous sommes pas attardés dans ce cabaret, où les classiques évolutions de jeunes femmes à demi vêtues, offertes aux regards concupiscents d'un public de jouisseurs, nous ont vite ennuyés. Je songeais déjà à rentrer quand Klaus, de manière impromptue, a proposé de me mener aux Bains Turcs, un peu plus loin, au commencement des Boulevards. Étrangement, je n'ai pas balancé à accepter cette proposition. Toute nouvelle expérience, en ce moment, me paraît acceptable. Je n'étais jamais allé dans ce genre de lieu avant-hier soir. Je ne les connaissais que par les descriptions enthousiastes qu'avait pu, autrefois, m'en faire André, qui les avait fréquentés assidûment à une certaine époque ; c'était avant la Grande Guerre, du temps où avec son ami Henri G*, lequel n'avait pas encore versé dans le catholicisme le plus intransigeant, il n'ignorait aucun des endroits de la capitale où l'on pouvait s'offrir du plaisir en toute discrétion.

Je craignais qu'on ne nous fasse quelques difficultés à l'entrée, l'établissement étant réservé aux soldats de l'armée d'occupation. La présence de Klaus suffit à éviter toute complication et je devinais ainsi qu'il devait être un familier des lieux. « Nous n'aurons qu'à parler allemand pour une fois, m'avait-il averti alors que nous débouchions sur les Boulevards, cela simplifiera bien des choses ». On nous avait remis, dès l'entrée, une serviette, puis Klaus m'avait mené directement au sous-sol, dans le vestiaire, où s'alignaient des rangées de casiers en bois. Klaus s'est dévêtu sans façon et lorsque, tout à coup, il s'est trouvé entièrement nu devant moi, j'ai pu constater pour la première fois l'harmonie parfaite des lignes de son corps, que jusque là je n'avais pu que deviner à travers les plis de l'uniforme. Il se tenait devant moi, avec la nonchalance superbe de ces statues colossales que Pierre m'avait amené voir, quelques années auparavant, dans le stade nouvellement construit de la

192

capitale italienne. Klaus possède ce genre de torse musculeux qui inspire tant Breker. Quand je fus prêt à mon tour, les reins ceints de la serviette en guise de pagne, Klaus me fit pénétrer dans les profondeurs de l'établissement, à travers un dédale de corridors où, seul, je me serais égaré. Un peu décati, l'endroit gardait pourtant, çà et là, des traces de sa splendeur passée. Les murs, recouverts de grossiers pavements, portaient encore quelques maladroites copies d'antiques mosaïques, prétendant imiter les thermes d'autrefois, que l'on apercevait mal à travers les effluves d'une vapeur sèche qui envahissait les couloirs. L'odeur de l'endroit, sans être vraiment désagréable, était fortement prégnante. Autour de nous circulaient, sans la moindre gêne, des dizaines de jeunes hommes tous plus beaux les uns que les autres, qui s'apostrophaient joyeusement, dont certains ne craignaient pas de se tenir par les épaules, que j'avais peine à imaginer au-dehors sanglés dans ces uniformes qui répandaient la terreur à travers l'Europe. Ici, il n'était plus question de la guerre, je le compris vite. Dans une clandestinité connue et tolérée, on se consacrait à la recherche de la volupté, on célébrait la munificence des corps, on reposait les esprits dans une franche promiscuité. Les poses de ces jeunes éphèbes n'étaient pas à proprement parler lascives, elles étaient d'une candeur totale, délivrées de la raideur

193

habituelle, exemptes de la pudeur policée à laquelle, d'ordinaire, nous sommes contraints de sacrifier. Dans la vaste salle de douches, on s'ébrouait en plaisantant, on folâtrait sans retenue. Près de la vasque où l'eau clapotait doucement, en plein milieu du hammam, des silhouettes, à peine discernables dans les émanations parfumées de l'étuve, s'entretenaient à mi-voix, comme respectueuses, tandis qu'allongé sur une banquette à claire-voie je m'amusais à reconnaître les accents des différentes provinces germaniques. Klaus sommeillait près de moi, le corps nu tapissé de fines gouttelettes qui brillaient dans la semi-pénombre de la pièce. Si j'avais fermé les yeux à mon tour, nul doute que j'aurais sombré aussi dans cette espèce de torpeur reposante, mais je ne voulais pas, novice que j'étais, perdre une miette de tout cela qui me fascinait au plus haut point, que je voudrais plus tard — je le savais déjà — noter dans ces carnets.

Nous sommes remontés vers la civilisation alors que l'aube, déjà, pointait derrière les façades de la rue. Sur le chemin du retour, Klaus et moi avons bavardé joyeusement, sans la moindre retenue, comme si n'ayant plus rien à dissimuler de nos corps l'un devant l'autre nous pouvions désormais mettre nos âmes à nu. Et je n'ai pas hésité à lui proposer de passer rue

Bridaine les quelques heures qui nous séparaient encore du grand jour.

Quand il s'est dévêtu à nouveau devant moi dans l'intimité de l'appartement, j'ai tout de suite compris qu'il allait s'offrir entièrement à moi. Il a ôté un à un ses vêtements, un sourire aux lèvres, sachant qu'il me faisait languir. Quand, après de longs préliminaires au cours desquels il a su déployer toute la palette de ses talents, je l'ai pris avec douceur, mais fermeté, j'ai senti son corps qui s'abandonnait totalement. Ce n'est que dans les premières lueurs de l'aube, qui traversaient les persiennes de la chambre, que j'ai enfin joui en lui, mettant fin au supplice dont il avait été la victime consentante. Nous nous sommes finalement endormis enlacés, dans le désordre des draps froissés.

8 septembre 1942

J'ai renoué avec les mondanités, sans grande difficulté en apparence. Francis Forster recevait hier, pour fêter le succès de sa dernière pièce, qui est sur le point de battre les records de longévité à l'affiche. Il m'a tant pressé pour que je vienne, je supporte si mal tout à coup d'attendre seul le retour de Pierre, que j'ai cru pouvoir lui faire ce plaisir. Cela faisait bien longtemps que je ne m'étais pas retrouvé en si nombreuse compagnie. Étrangement, je ne m'y suis pas vraiment ennuyé, moi qui d'ordinaire fuis autant que possible ces sortes de manifestations. J'ai eu tout le loisir d'observer la faune parisienne d'aujourd'hui, réunie pour célébrer Forster. J'ai pu renouer, aussi, avec quelques relations que j'ai été amené à négliger ces derniers temps. Il sera amusant, peut-être, de relire ces pages de mes carnets dans quelques années, de connaître ainsi ceux qui comptaient — ou croyaient compter — en cette fin d'été 1942.

Plusieurs représentants du gouvernement étaient présents, de ceux qui passent plus de temps à Paris que dans les couloirs de l'hôtel du Parc ; parmi eux, le jeune et brillant Jérôme Savigny, qui n'a pas manqué de venir me saluer. Notre dernière rencontre doit remonter à 1938 ; à l'époque, il s'élevait avec force contre les accords de Munich et m'avait traité de capitulard sans honneur ; je n'ai pas cru devoir le lui rappeler. Le Quai était aussi représenté dignement, notamment pas plusieurs de ses membres qui se piquent de littérature, pâles épigones de Claudel et Morand. Trop d'uniformes pour mon goût dans cette soirée. Passe encore pour tous ces officiers allemands ou italiens, ils sont nos vainqueurs après tout, et l'on ne peut leur reprocher de vouloir nous le rappeler sans cesse par leur présence trop ostensible. Mais nos uniformes français pourraient s'abstenir de parader dans les salons. Il est vrai que c'est peut-être le seul endroit où ils peuvent espérer encore faire quelques conquêtes. Je n'ai pas pu éviter d'échanger quelques mots courtois avec l'amiral F*, qui se souvenait m'avoir croisé autrefois au Tertre. La maison Gallimard était là presque au complet, sous la conduite de Drieu et de Paulhan, chacun des deux donnant l'impression de surveiller l'autre, d'en guetter les premiers faux pas. Tous deux étaient heureusement trop accaparés pour que je n'aie pas à faire les frais d'une conversation qui eût pu être pénible. Je ne veux plus avoir à faire avec Drieu, c'est décidé. Quant à Paulhan, que de toutes parts on m'affirme être droit et honnête, j'ai toujours trouvé qu'il manquait de franchise. Je ne saurais m'expliquer plus là-dessus. Une simple impression, qui se ravive à chaque fois qu'il m'est donné de l'apercevoir. Alain était au nombre des écrivains Gallimard et, pour la première fois depuis des mois, il a semblé oublier qu'il me battait froid, m'a longuement entretenu des tensions sans cesse renaissantes au sein de la NRF, m'a félicité pour mon roman qu'il a trouvé « prodigieusement nouveau », avant de s'étonner de l'absence de Pierre à mes côtés. Cormier a heureusement interrompu ses velléités d'interrogations, que je sentais pouvoir se faire pressantes, et j'ai pris soin de ne plus le

197

croiser de toute la soirée. Avec Cormier, en revanche, j'ai toujours plaisir à bavarder, même si nos points de vue sont presque à chaque fois opposés ; il est acquis entre nous, depuis longtemps, que nous ne convaincrons pas l'autre, jamais, et nos conversations en sont plus enrichissantes parce que débarrassées de tout effort de persuasion. Avec plaisir également j'ai retrouvé le jeune philosophe rencontré l'hiver dernier. Sa gentillesse, qu'on ne sent nullement contrainte, sa façon d'argumenter, toute en nuances, sans jamais affirmer péremptoirement, me réconcilierait presque avec les philosophes, si cela était encore possible. Mais il m'est difficile d'oublier que, pour moi, le philosophe est définitivement associé à l'image du professeur Ropison, qui est le plus formidable condensé que j'aie jamais connu de rancœur, de suffisance et de sottise, dont il est notoire qu'il a été un des premiers universitaires parisiens à se réjouir de la révocation de certains de ses collègues, et dont il se murmure qu'il pourrait bien être le mystérieux « Rhadamanthe », l'ignoble rédacteur qui signe de ce pseudonyme, dans les colonnes du *Pilori*, une chronique où sont divulguées les adresses des sommités juives qui résident encore dans la capitale. Quelques anciennes connaissances de Pontigny étaient également de la partie et ce n'est pas sans quelque nostalgie que nous avons évoqué les causeries sous la charmille où nous, les jeunes d'alors, avons tant appris au contact quotidien de nos aînés qui s'y réunissaient chaque année, qui sans la moindre trace de condescendance nous faisaient parmi eux une place disproportionnée à ce que nous étions encore, qui savaient nous écouter sans jamais marquer la moindre irritation, qui pourtant eût été légitime. C'est André qui m'avait mené à ma première décade, où son parrainage, joint à ma qualité de normalien, très prisée par le maître des lieux, m'avait fait accepter d'emblée. C'est là que j'avais fait la connaissance de Roger, qui est depuis pour moi l'image même de la générosité, de la probité également, dont l'affection ne s'est jamais démentie à travers les années. Chez Forster, hier, j'ai donc retrouvé avec plaisir le jeune T*, qui avait tant insisté à une époque pour que je fasse publier chez Hachette une nouvelle édition de mes *Réflexions sur le métier d'historien*, le sympathique Marcel P*, l'auteur d'un récent ouvrage sur Stendhal tout bonnement remarquable, mais surtout le charmant comte Guido Alemarni, avec qui j'avais particulièrement sympathisé à Pontigny, dont je me souviens qu'il flirtait alors avec la jeune Christiane, ce dont nous étions tous un peu jaloux il faut bien le dire, et que j'avais retrouvé avec plaisir à Rome, l'hiver suivant, où il m'avait servi de mentor avec une gentillesse et une simplicité rares chez les jeunes gens de son milieu. Il occupe aujourd'hui un poste à l'ambassade italienne, mais il n'est pas besoin de pousser trop loin la conversation pour sentir qu'en dépit des apparences il est resté profondément attaché à ses valeurs d'autrefois, pour comprendre qu'en bon aristocrate qu'il est demeuré il n'a que le plus profond mépris pour ces parvenus que le régime fasciste a projetés aux plus hautes fonctions dans son pays. Il est d'ailleurs question, m'a-t-il confié, qu'on le rappelle à Rome très bientôt, ses supérieurs à Paris s'étant plaint à plusieurs reprises de son manque de zèle à la cause de l'Axe. Il ne doit encore d'être ménagé, pense-t-il, qu'à la protection du comte Ciano, un proche parent de sa mère. Je ne saurais oublier de parler des femmes présentes chez Forster. Il faut bien reconnaître que notre hôte a toujours su s'entourer des plus belles femmes qui soient et que rares sont celles qui ont su lui résister quand il a résolu de les conquérir. Je crois bien qu'à chacune de nos rencontres je ne l'ai jamais vu deux fois au bras de la même maîtresse. Francis a toujours besoin de plaire et, une fois parvenu à ses fins, il lui faut très vite recommencer, comme si seul le jeu de la séduction avait pour lui quelque intérêt. Beaucoup de ses anciennes maîtresses étaient donc présentes, puisqu'il a toujours su rompre en douceur, avant que l'attachement ne soit trop réel.

Beaucoup de comédiennes aussi, naturellement, puisqu'il en est peu à Paris qui n'aient pas un jour travaillé sous la direction de Francis. Il m'a été impossible d'ignorer tout à fait Catherine, même si notre échange, dans les salons de chez Forster, ne s'est limité qu'à quelques banalités mondaines, avant qu'elle n'aille rejoindre son habituel groupe d'amis, dont je sentais de loin les regards pesants posés sur moi (ai-je pensé à noter quelque part que Fauvert et Sonia étaient amants depuis peu ? C'est Paul qui m'a annoncé la nouvelle, qu'elle tenait de Fauvert lui-même ; leur attitude chez Forster ne pouvait laisser aucun doute sur la réalité de leur liaison). J'ai eu grand plaisir, en revanche, à retrouver Elisabeth Dosséans, que je n'avais pas vue depuis des années. C'est elle qui, autrefois, a créé la plupart des rôles féminins de mes premières pièces, contribuant pour une large part à leur succès. Digne élève du grand Copeau, qu'elle a ensuite quitté pour suivre un temps Jouvet, elle vit aujourd'hui en retrait des planches, mais elle a conservé toute la fraîcheur d'hier et nous avons bavardé avec facilité, comme de vieux amis qui n'auraient jamais cessé de se fréquenter. Elle me confirme, au détour de la conversation, ce que je peux savoir de Sylvain, qui vit de plus en plus reclus dans l'hôtel particulier du baron Calvet, dont l'état de santé ne laisse plus guère d'espoir. « Vous devriez aller le voir, je suis convaincue que cela lui ferait du bien ». Peut-être a-t-elle raison. Mais je crains que cela ne serve de rien.

13 septembre 1942

Je ne saurai jamais précisément pourquoi Pierre a tenu à venir lundi dernier. Arriver lundi, alors qu'il devait repartir obligatoirement mardi, à la première heure... Évidemment, j'interprète à ma façon ; et j'aurais de beaucoup préféré qu'il m'en fasse lui-même l'aveu. Il semble qu'en dépit des circonstances il continue à tenir autant à nous, même s'il s'en défend avec force ; il aimerait que cela ne se sache pas. Pourquoi ? Je l'ignore, et cela me désespère tout particulièrement. Mais, bien entendu, je n'y peux rien. Je ne peux même pas lui en vouloir. Je dois lui faire confiance, envers et contre tout.

14 septembre 1942

Pierre est donc parti passer quelques jours à Figeac. Cette fois, il semble qu'il ne sera pas obligé de se cacher. La fois précédente, en effet, il ne fallait pas que monsieur G*, trop bavard, le surprenne là-bas. Ce fut, à l'entendre raconter, des plus rocambolesques, et cela pourrait peut-être encore me faire sourire s'il ne courait pas à chaque fois des dangers très réels. À tort ou à raison, je suis de plus en plus persuadé qu'il n'aurait pas dû ainsi s'engager, qu'il n'est pas fait pour cette sorte de responsabilités, qu'on est en train de le manœuvrer sans qu'il en ait conscience, et je ne peux rien faire pour lui. J'ai essayé de lui en parler à l'occasion de sa courte visite, mais il n'a pas voulu m'écouter. Catherine, Sonia et tous les autres le poussent maintenant dans cette voie, je le sais. Ils vivent par procuration leur besoin d'aventure, ils s'excitent sans risques, puisqu'ils sont tous trop lâches pour se lancer à leur tour dans la bataille. Que Pierre écoute donc le chant de ces sirènes de pacotille, s'il lui est plus doux que la voix de la raison. Les dés en sont jetés, je cesserai de prêcher la prudence.

15 septembre 1942

« Une seule certitude, m'écrivait-il à l'époque, partir ! » et, entrevoyant à l'avance un « feu d'artifice sur l'Acropole », il allait jusqu'à parler des « feux de notre amour ».

Ô, mon ami, mon seul, mon unique compagnon, si tu pouvais enfin admettre comme j'ai besoin de toi ! Je crains que tu ne me penses trop fort pour une fois ; il sera trop tard quand tu comprendras que je ne t'ai dissimulé ma faiblesse que pour qu'elle ne te soit pas un poids supplémentaire.

16 septembre 1942

À propos de ma rencontre fortuite avec Guido Alemarni, l'autre soir, chez Forster : j'ai retrouvé, en fouinant un peu dans mes papiers, les traces de mon séjour à Rome, quelques notes informes, simple catalogue de mes visites et balades du moment que je recopie ici, sans rien y ajouter, en guise de jalons :

-       18 janvier 1933 : Ste Marie Majeure (remarquable plafond à caissons). À la poste centrale pour expédier une dépêche à Gérard. Corso. Fontaine de Trevi. Capitole. Forum. Rendez-vous avec Guido qui m'entraîne dans un bar fréquenté par les invertis (nous ne nous y attardons pas). Longue station devant l'Arc de Constantin (impossible toutefois d'apercevoir les fameux Cornuti). Colisée (souvenir d'une soirée avec David et Suzanne, il y a quelques années, où nous étions tous trois fort éméchés pour avoir trop fêté leur prochain départ pour Munich).

-       19 janvier 1933 : Pinacothèque du Palais des Conservateurs (pour le St Jean-Baptiste et la diseuse de bonne aventure du Caravage), puis Palais Cortini (pour le St Jean, du même). Par le pont Fabricius, gagné l'île du Tibre. Église S. Bartolomeo. Pont Cestius. Église S.Crisogono (où je manque d'être enfermé par un portier trop zélé). S.Giovanni dei Genovesi. Église St Cecilia (où, d'évidence, je dérange la nonne préposée à l'entretien). Eglise Madonna dell'orto. Église S.Francesco a Ripa. Déjeuner avec Guido, qui m'a rejoint, piazza St Maria in Transtevere. Église S.Pietro in Montorio (le Tempietto). Montée au Janicule. Église S.Onofrio. Église S.Giovanni di Fiorentini. Guido me quitte devant le Panthéon. Église S.Giuseppe dei Falegnami. Prison Mamertine. Église SS.Luca et Martina. Forum et Palatin. Dîner au Palais Alemarni, où je suis l'invité des parents de Guido (son père, vieil aristocrate un peu distant ; sa mère, plus jeune, me semble-t-il, dont on devine qu'elle a dû être ravissante autrefois, qui s'exprime dans un français impeccable et n'ignore rien de notre littérature).

-       20 janvier 1933 : Avec Matteo Signorelli à la galerie Barberini (pour le Narcisse et la Judith). S.Maria della Concezione et son cimetière des Capucins. S.Carlo alle quatro fontane. S.Andrea al Quirinal. S.Silvestro. Galerie Doria Pamphili (encore trois toiles du Caravage, je suis comblé). St Louis des Français (pour les St Mathieu, à l'origine de ma passion). Matteo me conduit de sa propre initiative à l'église S.Agostino, où j'ignorais que se trouvait une charmante Madone. Messe à St Jean de Latran. SS.Quatro Coronati (on y célèbre justement les noces d'un couple de jeunes Romains amis de Matteo). Je poursuis seul jusqu'à S.Clemente (pour y voir le temple de Mithra ; j'écrirai un jour quelque chose sur cet étrange culte adopté par les soldats romains du Bas Empire). Sur l'Esquilin. Domus Aurea. Théâtre de Marcellus. S.Nicola in Carcere. Visite de la synagogue (Guido, que j'interrogeais sur le problème juif, l'autre soir, m'a assuré qu'il n'y avait en Italie pas le moindre soupçon d'antisémitisme et il m'a cité plusieurs de ses amis, mariés à des juives, qui n'ont pas eu le sentiment, par de telles unions, de déchoir en aucune façon). Portique d'Octavie.

-       21 janvier 1933 : Passage à la galerie de la villa Borghèse. De là, directement à la villa Médicis, où je suis attendu par Robert Melian, avec qui je déjeune dans une trattoria toute proche, à qui je donne des nouvelles de ses amis parisiens. Longue conversation sur le régime de Mussolini, dont Robert, qui n'est pourtant pas suspect de la moindre inclination vers l'idéologie fasciste, cherche à me remontrer combien il a été nécessaire au redressement du pays. Il est vrai que mes conversations, ici, à Rome, m'ont convaincu de la popularité du Duce. La comtesse Sibylle Groffatera me conduit ensuite en automobile jusqu'aux portes de la cité : sépulcre et jardins des Scipions. S.Giovanni in Oleo (oratoire). S.Giovanni a Porta Latina. S.Caesaro. Maison du cardinal Bessarion (la présence de la comtesse Sibylle nous en ouvre toutes les portes). S.Sisto. SS.Nereo et Achilleo. Thermes de Caracalla (saisissants). S.Gregorio Magno. SS.Giovanni e Paolo. Arc de Dolabella et Silanus. S.Maria in Domnica (là encore, un mariage). S.Stefano Rotondo. Jardins de la villa Celimontana. Cirque Maxime. S.Maria in Cosmedin (rite grec). Arc de Janus Quadrifons. Arc des changeurs. S.Giorgio in Velabro. S.Teodoro. S.Maria della Consolazione. Dîner au Palazzo Massimo, chez le chevalier Coltacavalla (avec la comtesse Groffatera et Guido).

-       22 janvier 1933 : un peu grippé, je reste toute la matinée dans ma chambre d'hôtel. L'après-midi, Guido vient me chercher pour me mener au Vatican (là encore, je suis en compagnie du parfait sésame).

-       23 janvier 1933 : avec Guido toujours, qui a voulu me montrer les nouveaux quartiers de Rome. Réussite architecturale qu'est le Palazzo del laboro (doit-on à son sujet parler d'art fasciste ?). S.Maria d'Angeli. S.Maria di Coreto. S.Maria sopra Minerva. S.Ignazio. Temple d'Hadrien. S.Maddalena. Réception à l'ambassade le soir.

-       24 janvier 1933 : une lettre de Gérard qui me presse de rentrer. Malgré l'insistance de Guido, je me résous à partir dès demain. S.Maria in Lata. S.Marcello. Colonne de Marc-Aurèle. S.Silvestro. Déjeuner chez les Falcione, dans leur palais Fiano. S.Lorenzo in Lucina. S.Carlo al Corso. Mausolée d'Auguste. Ara Pacis. S.Giacomo. Je me fais excuser chez le prince Tropelli, qui tenait à m'offrir à dîner ce soir, et je traîne seul toute la soirée dans Rome. Je vais même m'encanailler un peu sur le Pincio.

-       25 janvier 1933 : quelques heures avec Guido dans les allées du cimetière protestant (il faudra que je m'explique un jour sur la fascination qu'exerce sur moi ce genre de lieu). Puis il m'accompagne jusqu'à mon compartiment. Je laisse à regret un compagnon délicieux que j'espère retrouver à Pontigny.

17 septembre 1942

M'expliquer sur les cimetières, peut-être. Mais surtout, en notant ces traces de mon escapade romaine de 1933, je m'étonne aujourd'hui d'avoir pu traverser autant d'églises en si peu de jours. J'ai longtemps été ainsi autrefois, un stakhanoviste de la visite : l'envie de tout voir, de ne rien laisser d'inexploré. Obsession de la quantité, ou plutôt de la totalité. J'ai beaucoup changé depuis lors, mais il me fallait sans doute en passer par-là (défaut de jeunesse ?).

Et pour qui s'étonnerait de me voir reçu par le gratin de l'aristocratie romaine, il suffit de connaître mes origines paternelles pour ne pas en être trop surpris. Je n'ai à cela aucun mérite.

18 septembre 1942

De ma toute première rencontre avec Pierre, je me souviens très mal ; je ne m'en souviens pratiquement pas, devrais-je même dire. C'est Forster qui me l'a présenté. Aucun doute là-dessus. C'était à l'issue de la générale de *Cœurs Ennemis*. J'étais dans la loge d'Elisabeth Dosséans, je crois. Nous avons dû échanger des banalités, probablement m'a-t-il félicité pour ce succès qui s'annonçait. Poli comme je l'étais, j'ai dû le remercier. Mon premier souvenir clair — s'il en est pour ces premiers jours — est celui d'une confrontation à trois (c'est-à-dire Charles,

Pierre et moi), dans le réduit qui servait de bureau à Charles, chez Jean. C'est sans doute de ce jour-là qu'il faudrait dater notre relation, même si à ce moment précis ce ne fut apparent ni pour l'un ni pour l'autre. Nous étions alors bien trop occupés à convaincre Charles de ses torts. Pierre a pris conscience de cette relation nouvelle le jour où je lui ai parlé de la mort de mon père, à ce qu'il prétend. Moins d'un an plus tard, je me suis rendu compte qu'elle était déjà irréversible. C'était l'époque où j'écrivais *Le Rivage perdu de vue*. C'est pendant cette année de travail acharné que j'ai senti la réalité de sa présence, et compris que cela me suffirait dorénavant. Était-ce déjà plus qu'une simple liaison ? Franchement, je ne le sais pas. Je m'en suis, depuis lors, souvent entretenu avec Paul, le seul confident véritable que je n'aie jamais eu. Dès le départ, mes sentiments à l'égard de Pierre n'ont pas été quelque chose de net et précis. Ils n'en étaient pas moins forts et vrais. Avant même que nous franchissions les limites ordinaires, je savais que je l'aimais profondément. Quoi qu'il advienne désormais, je ne pourrais jamais le renier. Je ne brûle pas ce que j'ai adoré. Je ne pourrais jamais plus m'éprendre aussi sincèrement. Évidemment, les choses ne sont plus aussi simples depuis qu'il a choisi d'entrer dans l'ère des compromissions. Mais si je souffre souvent, je l'aime toujours autant. Je ne parviens pas à l'indifférence, comme ce fut le cas avec Sylvain.

22 septembre 1942

Viendra-t-il ce soir ou ne viendra-t-il pas ? Il n'a encore jamais manqué une de mes soirées d'anniversaire. J'ai refusé de sortir dîner avec Klaus pour l'attendre, et je crains d'avoir peiné ce délicieux compagnon pour une présence illusoire. Puis-je encore décemment avoir foi en Pierre après toutes ses trahisons, conscientes, voulues, recherchées peut-être ? J'en arrive à me demander s'il ne me fuit pas plus qu'il ne recherche Catherine. Si elle n'était qu'un prétexte commode ?

23 septembre 1942

Il n'est pas venu. Je m'y attendais, en fait. Je vais devoir me résigner à ne plus lui faire confiance (il m'avait assuré qu'il viendrait). Cela va m'être difficile et, au moment où j'écris ces lignes, je pense même impossible. Parce que je nous connais trop.

Il n'est pas venu parce qu'il avait l'intention de « travailler », m'a-t-il expliqué ce matin au téléphone. On se croirait revenu au début de l'année. Cela devient lassant. Cela m'épuise de plus en plus, me ronge de l'intérieur. J'ai besoin de lui pourtant.

J'irai déjeuner avec Klaus ce soir, je ne veux pas lui assombrir une nouvelle soirée. Et puis il est la seule chose de bien qui me soit arrivée cette année. Non, il y a aussi eu Eduard. Deux charmants jeunes gens qui se sont offerts à moi, alors que c'est un autre que je persiste à aimer.

25 septembre 1942

Pierre a été convoqué hier au siège de la Gestapo. J'ai vécu toute cette journée dans les affres qu'on peut imaginer. Et pourtant, en dépit des circonstances, j'étais confiant ; avec raison puisque Pierre est rentré sain et sauf en début de soirée. Il n'est pas courant que ces messieurs de la police secrète prient quelqu'un de se déplacer avec autant de civilités, c'est déjà un signe qu'on tient à le ménager, car plus généralement on vient saisir l'infortuné quand il ne s'y attend pas. Pierre m'a fait, dès son retour, le récit complet de cette sinistre expérience. On l'a reçu avec les plus grands égards, on l'a questionné avec une politesse qui confinait, en l'occurrence, à de l'obséquiosité. De ce récit, il ne semble pas que l'on soupçonne en quoi que ce soit ses activités clandestines. En revanche, on l'a longuement interrogé à mon propos, ce qui est plus troublant, sur mes liens avec le milieu littéraire en particulier, mais on a essayé également d'obtenir de lui un compte-rendu détaillé de mes faits et gestes à Berlin, au début de l'été. On s'intéresse notamment à mes relations d'outre-Rhin, pour des raisons qui ne sont pas bien claires pour moi. Par chance sans doute, Pierre ne connaît de mon séjour à Berlin rien qui soit compromettant pour moi ou mes amis de là-bas. J'ai cru bon, toutefois, d'aviser immédiatement Klaus, pour le cas où il serait à son tour questionné. Il est passé aussitôt rue Bridaine, car j'avais préféré, au téléphone, rester évasif. Lui-même ne semble pas comprendre le but de telles investigations. Il s'en inquiète un peu, je l'ai senti, même s'il s'est efforcé de n'en rien laisser paraître. Il a préféré, en tout cas, ne pas s'attarder ici trop longtemps. Pierre, lui, semble marqué par cet épisode. Il s'attendait à ce qu'on ne l'interroge que sur lui ; il avait craint, en se rendant à la convocation, qu'on le garde en détention, et voilà que c'est moi qui ai fait les frais de sa conversation avec l'officier de la Gestapo qui lui a été donné comme interlocuteur. Il s'en soucie plus qu'il ne s'en étonne. Il craint d'en avoir trop dit sur mon compte, alors même qu'il sait qu'on ne peut rien me

213

reprocher de sérieux. Même s'il cherche depuis à minimiser la chose, même s'il fait semblant d'avoir bien accusé le coup, s'il se donne des airs d'insouciance, je devine combien cela le ronge. Je ne peux rien faire pour dissiper ce malaise. Tout ce que je pourrais dire serait sans effet.

26 septembre 1942

Pierre est venu me rejoindre au petit bar du boulevard Saint-Michel, à deux pas de la Sorbonne, en fin d'après-midi. Je sortais de la librairie Rive Gauche, où j'avais eu une longue et éprouvante entrevue avec Maurice, que son beau-frère avait chargé de me sonder à propos de ma participation éventuelle à une nouvelle revue qu'il souhaite lancer ; j'ai bien sûr décliné la proposition. Je ne m'attendais pas à voir Pierre me retrouver ici. Suis-je parvenu à dissimuler ma joie extrême de le voir se dresser brusquement devant moi ? « Je suis venu juste pour te dire au revoir, nous nous sommes trop mal quittés tout à l'heure ». Cela se sentait si fort qu'il ne jouait pas, qu'il n'était bien là que pour moi, sans autre prétexte que celui de nous offrir ce moment de plaisir. Probablement était-il encore sous le coup de notre entretien de la veille, qui faisait suite à son interrogatoire au siège de la Gestapo. Cela, en fait, a peu d'importance. L'important, à mes yeux, c'est qu'il soit venu. Nous sommes repartis tous les deux par l'omnibus à chevaux qui nous a conduits jusqu'à la place Clichy.

27 septembre 1942

J'ai trouvé, ce matin, déposé devant ma porte, le premier numéro d'une revue clandestine assez bien ficelée. Quels amis se dissimulent derrière les pseudonymes ? Je présume qu'on ne l'a pas placé là tout à fait par hasard. Après mon entretien, hier, avec Maurice, me voilà de nouveau tiré dans l'autre direction. Cela devient une habitude, il va falloir que je me résigne à ce qu'on ne me laisse plus en paix maintenant. Il faut donc que je me cuirasse davantage si je veux pouvoir naviguer entre les récifs. Car, de plus en plus, je n'aspire qu'à rester indépendant. Je me refuse à toute compromission. Tant pis si d'aucuns l'interprètent comme un signe de lâcheté.

28 septembre 1942

D'une page du manuscrit de la jeune Marguerite Laubié, qu'on m'a demandé de parcourir, j'extrais ces quelques mots : « Une coupe de Samos bue en plein midi », qui m'ont fait ressouvenir que j'avais laissé la trace d'un épisode de mon voyage avec Pierre, où le vin de Samos, justement, occupait le premier plan. J'ai cherché toute la journée à mettre la main sur cette page et, au moment où j'allais renoncer, voilà bien sûr que je tombe dessus :

« ... Notre contact avec l'Acropole nous avait quelque peu déçus. Toute espèce de recueillement nous avait été impossible. À contrecœur, nous avions dû renoncer à flirter avec les Korè, et je n'avais pu rêver en paix aux cuisses veloutées d'Athéna. Avec Daphni, nous était offerte l'occasion de renouer avec les cultes bachiques ; il fallait la saisir. Dionysos, à qui nous avions si souvent sacrifié, nous conviait chez lui, dans son intimité. Il nous fallait nous résigner à de nouvelles libations. C'est à pied que nous avons gagné le Bois Sacré, où devait nous attendre l'enthousiasme mystique tant chanté par les aèdes. Nous devinions déjà que le fougueux Dionysos se ferait un devoir de nous accompagner sur le chemin du retour. Nous sommes restés dans l'antre de la divinité tout le temps que dura la fête. Tout le temps que le dieu a consenti à nous accorder son hospitalité. Il nous fallut sacrifier. Combien de coupes ai-je pu soulever cette nuit-là, j'avoue ne pas m'en souvenir : vins de Crête, vins de Chypre, du Péloponnèse, vins attiques... Coupes pleines de ces nectars ambrés, sucrés, brûlants ou parfumés... Coupes pleines de la vie... Comme nous étions loin du sang du Christ, prétendument répandu pour nous. C'était bien la vie même que nous engloutissions, entre deux couplets de chansons païennes que l'assistance reprenait en chœur. Pierre, très vite, avait choisi de vouer un culte exclusif au Dionysos de Samos, ce dieu qu'il se plaisait à imaginer allongé à demi nu sur une grève, la peau recouverte de sel marin, que dardent les rayons d'un soleil sanguinolent... Lentement, comme accomplissant un cérémonial secret dont il aurait soudain eu la révélation, Pierre remplissait puis vidait tout aussitôt les coupes, et il me semblait que son cœur, dans le même temps, s'allégeait tout autant qu'il se raffermissait. À moi les multiples senteurs inconnues des vignes hellènes, à lui toujours le lourd parfum capiteux des ceps de Samos... mais sans doute Dionysos en personne l'aidait-il à trouver au fond de chaque coupe une vérité différente. Cette vérité fut si lourde à porter pour Pierre, en fin de compte, que je

217

dus l'aider à regagner sa couche, tandis que Dionysos, comme nous nous y étions préparés, insistait pour faire le chemin avec nous. Après un court sacrifice à Poséidon, où j'aidais Pierre à offrir au dieu marin sa chaste nudité, nous plongeâmes l'un après l'autre dans les abysses du sommeil... »

Je me souviens maintenant combien j'avais ri moi-même en m'obligeant à utiliser ce style ampoulé et prétentieux qui n'était pas de ma façon.

30 septembre 1942

Le soir, avec Klaus et Pierre à la rôtisserie de l'avenue de Wagram. À une table voisine, Ernst dîne en compagnie d'un de ses amis. Nous les prions de se joindre à nous pour le café. Le privilège d'être accompagné d'officiers de l'armée d'occupation, c'est justement d'obtenir sans peine un café digne de ce nom au lieu du café national. Ernst nous parle, avec une angoisse non dissimulée, des derniers bombardements qui ont touché Hambourg, dont on lui a rapporté qu'ils auraient allumé plus de mille cinq cents incendies. Même Pierre, je le sens, ne parvient pas à se réjouir de cette calamité qui frappe maintenant aussi le Reich. Nous continuons, lui comme moi, à haïr la guerre par-dessus tout, même si elle l'a convaincu de ne plus rester dans l'attentisme.

3 octobre 1942

Il pleut depuis ce matin et je n'ai guère l'envie de quitter l'abri de la rue Bridaine, même pour aller déjeuner avec Klaus. Celui-ci a découvert, le mois dernier, nos difficultés d'approvisionnement : un jour qu'il m'attendait à la maison, il a eu l'occasion de bavarder plus que de coutume avec la dévouée madame Colas, qui s'est longuement étendue sur les pénuries de toutes sortes qui rendent à l'heure actuelle le moindre repas aléatoire. Depuis, Klaus multiplie les invitations, toujours avec cette délicatesse qui le caractérise, et force m'est d'avouer que je me suis déjà nettement remplumé en l'espace de quelques semaines. Je ne peux pourtant pas accepter à chaque fois, car j'ai besoin de protéger un peu ma solitude ; je m'efforce de concilier au mieux celle-ci avec la nécessité de ne pas chagriner ce délicieux compagnon qui continue régulièrement à me faire profiter de son jeune corps de sa propre initiative. J'y suis jusque là parvenu, sans trop de peine, mais depuis un mois jamais on ne m'a autant vu dîner au-dehors.

Pierre est reparti hier. Son attitude des jours derniers est restée complexe et ambiguë, comme il l'aime, si bien que je ne sais toujours pas trop quoi penser. Il n'est pas heureux avec Catherine, cela crève les yeux ; c'est une évidence qui a frappé tout notre entourage. Avec elle, il est contraint de se renier constamment, plus qu'il ne le souhaiterait. Il est forcé de jouer sur les apparences, à tout moment. Ce jeu, justement, exige notamment que l'on ne se montre qu'avec une jeune femme à son bras. Or Pierre, quoi qu'il en dise, n'en a jamais éprouvé véritablement le besoin. Mais cela fait partie de la panoplie de l'homme que l'on considère comme normal. Alors que nos relations, trop étroites, ne se conçoivent pas dans notre monde policé. Il est un peu désespérant de constater que c'est Pierre, intérieurement cent fois plus résolu que moi, qui le premier amorce, à contrecœur, ce processus de normalisation. C'est même inquiétant, car a-t-il encore la possibilité de se ressaisir ? Je l'ai longtemps cru, ce qui explique peut-être que je lui ai autant pardonné jusqu'ici. Je veux continuer à penser qu'il saura, quand cela sera nécessaire, s'arracher sans hésiter aux délices de Capoue. Sans se retourner.

Si je persiste à vouloir le croire, c'est parce que je vois bien, pendant les moments, de plus en plus rares, qu'il lui arrive encore de passer rue Bridaine, qu'il ne parvient pas, malgré ses efforts évidents, malgré la pression qu'exercent sur lui Catherine et les autres, à se défaire définitivement de moi. J'incarne encore pour lui, sans doute, une espèce d'enfer perdu, avec lequel il est somme toute préférable de garder quelques liens, pour le cas où le Paradis qu'on lui propose ne serait pas aussi agréable qu'on veut bien lui faire accroire. Pierre m'a fait en grande partie ce que je suis devenu aujourd'hui, je me suis nourri de son influence avec voracité, jamais rassasié, mais lui n'a pas su s'astreindre à la morale — ô combien salutaire — qu'il m'avait donnée en exemple. Il semble s'en chercher une nouvelle, plus commode, alors que dans le même temps il doit bien savoir que celle qu'il prétend rejeter était justement faite pour lui, que c'était la seule voie qu'il pouvait suivre.

Que l'on me comprenne bien : cette voie n'est pas mienne, c'est celle dans laquelle il m'a engagé. Autour, tout n'est que mensonge, superficialité, normalité ; je n'en doute plus à présent que je me suis dirigé dans la bonne direction. Pierre approche du moment où il devra choisir une fois pour toutes s'il accepte de n'être qu'un révolté petit-bourgeois, lui qui prétendait il y a peu devenir un véritable révolutionnaire. Si je mesure combien un tel dilemme n'est pas facile à résoudre, je me refuse à envisager malgré tout que Pierre puisse me décevoir.

14 octobre 1942

Impossible de noter quoi que ce soit dans ces carnets depuis plusieurs jours. J'ai traversé une période d'abattement profond dont je ne suis pas sûr d'être totalement sorti. Je crains donc de m'exprimer ici sur un ton trop aigri. Cela nuirait à la règle d'objectivité que je me suis fixée pour ces notes concernant Pierre. Je préfère m'abstenir encore quelque temps.

15 octobre 1942

Elisabeth Jzabo s'est donné la mort hier au soir. Elle a laissé une courte lettre à mon intention, dont chaque mot exhale la douleur la plus extrême. Je n'ai pas su voir combien sa détresse pouvait la mener à une telle extrémité. Et toujours aucune nouvelle de Vlad, qui s'est bien enfoncé dans la nuit et le brouillard.

17 octobre 1942

Obsèques d'Elisabeth Jzabo cet après-midi. Nous n'étions que trois à suivre le cortège, dans un Paris brumeux : Pierre, qui a réintégré la rue Bridaine sans me prévenir, Jacques de Lestoure monté en hâte à Paris et moi bien évidemment.

18 octobre 1942

Paris est toujours noyée dans le brouillard. Jacques a dû regagner Cassagne, où Marianne est sur le point de donner naissance à leur premier enfant, l'héritier tant attendu par sa famille. Pierre est sorti pour toute la matinée ; je n'ai pas eu le cœur de l'accompagner, même s'il me l'a suggéré à plusieurs reprises. Depuis le début de ce mois, nos relations ont évolué dans une direction qui m'effraie. J'ai eu incidemment la révélation, cette fois il ne m'a plus été possible de douter de l'interprétation que je donnais aux événements, que Pierre s'était joué de moi depuis plusieurs semaines ; que ses absences répétées, sous le couvert de missions dont il ne pouvait rien me révéler, avaient consisté, en plusieurs occasions, à passer des journées entières au domicile de Catherine. Qu'il ait eu besoin de me le dissimuler m'a été un choc profond. J'ai enfin compris que je ne pouvais plus continuer à lui faire toujours confiance. Cette impression m'avait bien effleuré, à plusieurs reprises déjà, mais toujours je l'avais rejetée. Je vais devoir m'habituer à douter en permanence.

19 octobre 1942

Plus terrible encore, à tel point que je n'ai pas osé le noter hier, et pourtant il le faut, par fidélité à mon souci d'objectivité quasiment maladif : j'ai eu un instant la sensation que je n'aimais plus Pierre ou, plus exactement, que je n'étais plus en mesure de l'aimer. Cet aveu est le premier qui me coûte. C'est comme s'il était parvenu à ouvrir la brèche qu'il semblait s'efforcer de ménager depuis si longtemps. Aujourd'hui déjà, je ne suis plus tout à fait sûr de moi. Il me semble que je l'aime encore, comme si cet amour, à la longue, s'était détaché de moi, avait acquis une indépendance totale, comme si je ne pouvais plus le maîtriser. Mais cet amour, s'il perdure peut-être, se teinte selon les jours, sans que j'y puisse rien, de multiples nuances qui ne sont pas toutes à son honneur. En ce moment par exemple, il prend un peu les apparences de la pitié. À quand le mépris ? Et, plus tard encore, Pierre fera-t-il que s'installe entre nous la haine ?

20 octobre 1942

Je viens d'écouter, à la TSF, le dernier discours de Laval. Rien que de pitoyable. Le maquignon se métamorphose en négrier et il trouve à cela des justifications, sans la moindre vergogne. Jérôme Savigny, tout récemment, m'avait parlé un peu sur le même ton, celui d'un homme qui veut vous convaincre qu'il œuvre pour la bonne cause. Comme si, sans eux, la situation pouvait être pire ! On prétend que l'alternative offerte au Maréchal était Laval ou un Gauleiter. Avec un Gauleiter, au moins, il n'aurait plus été permis de ne pas s'engager.

21 octobre 1942

Phase de rémission dans mes relations avec Pierre. Je n'aime pas beaucoup ce terme, pour ce qu'il implique de transitoire, d'inachevé. Il sous-entend que tout va de nouveau déraper, que je le veuille ou non. Curieusement, Pierre lui-même semble être tout à fait opposé à cette poursuite de la course vers l'abîme. Il semble remettre en cause ses propres résolutions récentes. Je le sens qui hésite, prêt à faire marche arrière. Peut-être prêt à faire le pas décisif, tant attendu.

Depuis deux jours, en effet, il cherche à me faire sortir malgré moi de mon rôle d'observateur critique, mais silencieux auquel je me bornais désormais, par besoin de me protéger, par égoïsme donc. Pierre a décidé — mais est-ce en toute conscience ? — de me faire participer, de m'intégrer dans le processus de couple qu'il forme avec Catherine. Cela alors même qu'il ne peut pas ignorer que l'idée même de ce couple me semble depuis longtemps une aberration. La première tentative d'intégration — celle d'avant-hier, encore involontaire je crois — a échoué parce que je n'ai pas voulu entrer dans le jeu qu'il me proposait. J'ai tenu à manifester une présence active, qui a menacé un instant de devenir destructrice. J'ai heureusement pu me contrôler avant qu'il ne soir trop tard. J'ai conscience en tout cas, maintenant, que je porte en moi une charge suffisante pour tout faire exploser, s'il m'en prenait soudain l'envie. Par ses confidences intimes, qui ont recommencé, Pierre n'hésite pas, tout en sentant le danger, à accroître cette charge potentielle. C'est lui qui me donne, et de plus en plus, les moyens de tout faire éclater. N'est-ce pas d'ailleurs ce qu'il souhaite, après tout ?

La deuxième tentative d'intégration ne date que de ce matin. J'aurais pu — ou dû — m'y attendre. Avec comme préambule, hier au soir, le présent qu'il m'a fait (il m'a offert un exemplaire d'une édition rare de *Corydon* que je rêvais de posséder depuis fort longtemps). Préambule un peu étrange : don rapide, un peu honteux, comme si Pierre ne voulait pas s'avouer ce cadeau, comme s'il le ressentait à l'égal d'une faiblesse. Don auquel je n'ai pas été capable de répondre spontanément à cause de la présence inhibitrice de Catherine aux côtés de Pierre. À y repenser maintenant, j'aurais dû saisir ce que cette présence avait de symbolique : elle m'invitait, en réponse à l'offrande, à pénétrer dans le couple. Puis, ce matin, ce flot de confidences qui semblait ne plus vouloir se tarir. Comme si, brusquement, il réalisait que j'étais à ses côtés ; comme si, soudainement, il se rappelait qu'il pouvait me faire confiance. Je ne veux retenir de tout son récit qu'une chose : que Catherine a exigé de Pierre la rupture ; qu'il l'a refusée ; qu'elle s'est soumise enfin, comme consciente à son tour qu'elle n'a jamais maîtrisé les événements, qu'elle est son otage avant que d'être sa maîtresse.

22 octobre 1942

Dîner, en tête-à-tête, avec Ernst, à la Rôtisserie Nique. Il quitte Paris demain, séjournera quelques jours près des siens, avant d'effectuer une mission sur le front russe.

25 octobre 1942

Quelle étrange conduite que celle de Pierre. Par moments, et ils sont de plus en plus fréquents, il me semble qu'il m'est devenu totalement étranger, que je ne parviens plus à le comprendre.

Je repense à notre dernière conversation, à notre retour de l'Institut, attablés dans notre bistrot favori. Pour la première fois, il a spontanément reconnu sa responsabilité dans l'échec du trio qu'il avait, un moment, songé à constituer. Ce trio qui ne m'était jamais apparu indispensable, Pierre me suffisant, qu'il avait presque su me convaincre d'accepter plus qu'il ne m'avait persuadé de le désirer, il l'a lui-même sabordé, définitivement. Aujourd'hui, pour lui, il n'y a plus de trio concevable, mais alors pourquoi ne sent-il pas qu'il s'achemine, nécessairement, vers un choix qui lui sera peut-être douloureux ? Et comment expliquer, dans cette nouvelle optique, la présence de Catherine rue Bridaine depuis hier ? Veut-il que je me sente de trop chez moi ? Ou ne veut-il qu'éviter, pour l'instant, un nouveau face à face avec moi ? Un de ces fameux tête-à-tête, de plus en plus souvent orageux, que je persiste toutefois à provoquer, parce qu'ils sont assurément les seuls moments où Pierre cesse de jouer, où il est bien forcé de se retrouver face à lui-même ; car il est évident que, le plus souvent, je n'ai que le rôle ingrat de miroir. Cela n'est pas bien grave, si cela me permet de retrouver Pierre tel qu'en lui-même. Voilà des années que je rêve d'arracher les masques. Avec Pierre, c'est plus qu'une envie, car je sais ce qui se dissimule derrière, et cela m'encourage. Mais toujours, au fond de moi, cette peur qu'il ne me réserve un jour le sort de Bertrand.

29 octobre 1942

Immanquablement, la lecture du *Journal* d'André me ramène à Pierre. À moins que ce ne soit Pierre qui me pousse sans le savoir à toujours relire André.

En sous-titre à ces notes de ce soir : Aventures amoureuses ? Je tiens au point d'interrogation. Ce développement trouve logiquement sa place ici après que Pierre m'a déclaré récemment, sur un ton de provocation : « Je suis hétérosexuel ».

Je connais toutes les personnes qui ont croisé son chemin et partagé son lit, plus ou moins longuement. Il y a eu François. Si son nom vient sous ma plume en premier, c'est sans doute parce que c'est tout récemment que je l'ai aperçu pour la première fois, Pierre me l'ayant montré de loin, un soir que nous étions allés nous divertir, avec Klaus, au *Grand Jeu*, sur la Butte. Avec François, ce fut une banale histoire d'amour de jeunes hommes ; peut-être, pour cette raison, la seule véritable histoire d'amour, celle qu'on ne provoque pas, celle qui nous plonge brusquement, d'un seul coup, au cœur de sensations jusque là inconnues, bien supérieures à celles que l'on avait pu imaginer. Pardonnez-moi, François, de vous expédier ici en quelques lignes, mais vous n'existez plus officiellement pour Pierre, même si vous avez peut-être été en d'autres temps sa raison de vivre.

Ralf, lui, fut sans conteste possible son « roi », comme aimait à l'appeler Pierre ; Ralf, comble de l'inaccessibilité, parce qu'issu d'un autre monde, d'un milieu qui s'ouvre rarement. Ralf, pour qui il a cependant osé brûler, rompant ainsi à tout jamais avec les jeunes hommes de son âge. Ralf, ce fut sa seule vraie passion. Consciemment ou non, il ne fit que l'attiser. Pierre l'a fréquenté assidûment pendant une longue période, voulant ignorer les regards désapprobateurs qu'on lui lançait. On ne peut pas faire longtemps abstraction des principes d'une société aussi rigide. Ralf, qui a semblé prêt à franchir le pas, a finalement pris ses distances. Incapable sans doute d'avouer à Pierre la nécessité de la rupture, il est parti soudainement, sans un mot d'explication, rejoindre son épouse à Londres. Pierre a revu Ralf l'an passé. Il était trop tard pour reprendre une liaison qu'il a semblé pourtant vouloir ressusciter. Je crois que Pierre a eu peur d'un nouvel échec. D'ailleurs, ils se sont vus dans un cadre trop officiel pour que le moindre épanchement, s'il eût été souhaité, fût possible. J'étais présent lors de ce revoir. Ce fut atroce à observer. Ralf, depuis, s'est trouvé un nouvel amant, qui accepte de vivre dans son ombre, et s'adonne à la peinture. Cela fait partie des passe-temps qu'on s'autorise dans son milieu.

Difficile, après Ralf, d'aborder Fujiri, ce jeune produit directement importé du Japon, que Pierre et moi avons rencontré à une soirée à l'ambassade de son pays, où son père était attaché militaire. De Fujiri, je me souviens principalement du sourire ; peut-être parce que, hormis cela, je ne le trouvais pas très séduisant, ce que je me suis bien gardé de dire à Pierre. Je ne crois pas qu'il l'ait jamais aimé. Je pense plutôt qu'il le désirait, profondément. Ce désir ne fut jamais assouvi : un jour que Pierre s'était montré trop pressant, Fujiri l'a mis à la porte de chez lui ; il a refusé de le recevoir les jours suivants, consommant ainsi la rupture.

Faut-il alors maintenant parler de Brice ? Avec lui, Pierre a fait l'apprentissage de l'humiliation. Il croyait pouvoir se l'attacher, il prenait son temps. Brice, par désœuvrement ou par provocation, a préféré s'offrir à Sardenne. C'est tout.

L'élue, aujourd'hui, c'est donc Catherine. Je persiste à ne pas pouvoir prendre cette liaison au sérieux. J'aime trop Pierre pour cela. L'imaginer hétérosexuel est assez comique.

1er novembre 1942

L'autre soir, Pierre m'a entretenu du sujet que je traitais ci-dessus, sans savoir que j'avais écrit à ce propos. Étonnante coïncidence. Je me suis rendu compte alors que j'avais omis de parler d'Antoine dans cette liste. Il m'a apporté quelques autres précisions, que je ne manquerai pas de consigner un jour prochain, afin de compléter ce qui précède. Que de détails, en particulier, sur Ralf ! Quelle fringale à me parler de lui, alors même qu'il déclare ne plus accorder d'importance à toutes ces histoires passées !

Soirée du 2 novembre 1942

Je n'ai pu m'empêcher de poser à Pierre la question qui m'obsède depuis un long moment : « pourquoi n'es-tu pas heureux ? » Après m'avoir demandé de répéter ma question, ce que j'ai refusé de faire, regrettant presque déjà d'avoir osé la formuler, Pierre m'a avoué qu'il l'avait très bien entendue. Mais il s'est bien gardé d'y répondre.

Pierre n'est pas heureux. Ou plutôt, il n'est plus heureux. C'est avec tristesse que je le constate. J'ai sans doute ma part de responsabilité.

3 novembre 1942

Je suis bien forcé de remarquer que, jour après jour, Pierre devient un être toujours un peu plus insipide. Un être normal, comme je l'ai déjà écrit, je crois. Un être capable en plus de méchanceté. Dans mes moments d'optimisme irraisonné, je me persuade encore qu'il joue. Mais, le plus souvent, j'en arrive à douter. Cependant, je ne peux cesser de l'aimer, et cela me détruit chaque jour davantage.

4 novembre 1942

Pierre poursuit son processus de normalisation. Il ne parle plus de voyages ni d'aventures à vivre ensemble. Pour les beaux yeux d'une femme, il renonce à tout ce qui lui faisait, il y a encore peu, tellement envie. S'il continue ainsi, je vais en être réduit à le mépriser. Je ne souhaite pas en arriver là. Le Pierre dont je souhaitais laisser quelques traces dans ces carnets était quelqu'un de hautement respectable. Quelqu'un d'aimable. À l'opposé du fantoche qu'il s'évertue à jouer — mal – pour être autorisé à continuer de déverser son trop-plein de semence dans le réceptacle qui a pour nom Catherine. Si encore elle le contentait, il serait peut-être excusable. Mais non, puisqu'il m'avoue être obligé de recourir à la masturbation, à une fréquence qui touche à l'obsession. Jusqu'où va-t-il aller ? Où consentira-t-il à s'arrêter ? Depuis quelque temps, j'attends comme une fatalité l'instant où, pour complaire à Catherine, il se résoudra à me cracher au visage. Comment voulez-vous que, dans un tel état d'esprit, je sois capable de raconter ici les souvenirs agréables des années que nous avons vécues côte à côte ? Aujourd'hui, mon cœur bat tristement, quelque part du côté d'Itéa. Le fossé se creuse quotidiennement, sans qu'aucun de nous deux ne le souhaite véritablement, mais parce qu'il en a décidé ainsi et que je n'ai plus, mais plus du tout, l'intention de le retenir. Justement parce que je l'aime. J'ai sans doute eu tort de lui offrir mon amour sans poser de conditions. Mais que vaudrait un amour conditionnel ?

11 novembre 1942

La nouvelle est confirmée en fin de journée : les troupes allemandes sont entrées en Zone Libre, arguant de l'incapacité de Vichy à défendre l'Afrique du Nord. Le prétexte est habile et incontestable. Mais voilà que brusquement les amis que l'on croyait plus en sécurité de l'autre côté de la ligne vont courir de nouveaux dangers. J'ai peur pour Valentin et Sarah en particulier, mais je suis totalement démuni et je ne sais comment leur venir en aide. Je crois, quoi qu'il en soit, que la guerre vient de vivre un tournant.

12 novembre 1942

Pierre m'a raconté ce matin le rêve effrayant qu'il avait fait la nuit précédente. « C'était plutôt un cauchemar », m'a-t-il concédé finalement. Je ne me risquerai pas ici à le transcrire ou à l'interpréter.

15 novembre 1942

Je n'ai rien noté des événements de ces jours derniers. La guerre semble avoir pris un tournant. S'il est difficile aujourd'hui d'augurer de l'avenir, on peut raisonnablement recommencer à espérer. Mais par combien de souffrances allons-nous encore devoir passer ?

Au milieu de ces considérations guerrières, m'arrive la triste nouvelle en provenance de Cassagne. L'enfant de Marianne est mort-né. De nouveau, un de mes amis est anéanti de douleur, et je me sais impuissant. Je ne suis plus utile à personne.

21 novembre 1942

Les rapprochements que Pierre veut bien encore tenter sont tellement artificiels qu'ils ne résistent même plus quelques heures, malgré les efforts que nous déployons de part et d'autre pour faire semblant d'y croire. Comment pourrait-il en être autrement ? Toute espèce de dialogue, entre nous deux, est largement hypothéquée. Alors que je persiste à parler ce que j'appellerai volontiers le « langage de février », Pierre l'a très nettement fait passer au second plan, lui préférant un mélange d'hypocrisie et de méchanceté dans lequel percent encore, à de rares instants, quelques élans de sincérité, qu'il s'empresse de renier tout aussitôt.

Ce fut le cas, l'autre soir, chez Paul et son ami. Pendant un court moment, j'avais cru retrouver en face de moi le véritable Pierre, celui que j'ai autant aimé. Mais, rapidement, il est redevenu la chose de Catherine. Il me faut être réaliste : Pierre ne peut plus avoir d'existence personnelle. Je dois reconnaître que c'est plutôt flatteur pour Catherine, qu'elle a su manœuvrer habilement. Pierre, naguère si perspicace, n'est même plus capable d'entrevoir cette réalité.

8 décembre 1942

Première de *La Reine morte*. Jean-Louis et Madeleine m'ont fait parvenir des invitations. Ils sont remarquables dans cette pièce qui n'est pas vraiment mauvaise. Pierre Dux a su les mettre adroitement en scène. Cela se laisse regarder sans ennui.

Je suis injuste, je crois, en écrivant ces lignes. C'est que je n'ai pas tout à fait pardonné à Montherlant ses prouesses aquatiques. Je m'explique. Nous avons lui et moi assidûment fréquenté avant-guerre la piscine Deligny, rive gauche, quai

Anatole-France. Cet endroit charmant, une piscine posée sur la Seine, attirait nombre d'hommes qui aimaient les hommes. La réputation de l'endroit n'était plus à faire. Il y en avait pour tous les goûts et certains y venaient uniquement pour faire leur marché. Comme moi, Montherlant venait aussi réellement pour nager. Deligny avait été en son temps la première école de natation de la capitale, même si ce temps était révolu. Or, si je nageais aussi bien que Montherlant, cela dit sans forfanterie, il est indéniable que mon corps n'a jamais pu rivaliser avec l'allure athlétique du sien. J'en étais un peu jaloux, le costume de bain ne permettant pas la tricherie en ce domaine. Aussi, oserais-je l'avouer, il n'avait jamais de mal à repartir de là accompagné alors que je devais pour ma part fournir un petit effort. Il se trouvait heureusement toujours un garçon de bain disponible et serviable au-delà de ce que lui demandait l'établissement.

Il n'empêche, sans Jean-Louis et Madeleine, le succès de la pièce n'aurait peut-être pas été si complet. Ces deux-là forment, à la scène comme dans la vie, un couple remarquable. Je les ai attendus, après la représentation, juste en face du Français, au café de la Régence où j'ai patienté en regardant les joueurs d'échecs rivaliser d'ingéniosité. Puis nous avons parlé tous les trois de choses et d'autres, interrompus fréquemment par ceux qui tenaient à congratuler les deux comédiens, ce qui n'a pas rendu la conversation très fluide ni très intime surtout. Une anecdote de Madeleine m'a beaucoup amusé : elle me racontait comment, il y a plusieurs mois, on lui avait demandé de venir réciter des poèmes à la mairie du 16e arrondissement, pour la célébration de la première fête des Mères voulue par Vichy. On n'a pas introduit « Famille » dans la nouvelle trinité pour rien. Il n'y a que Madeleine pour réussir à transformer un banal événement en une situation mémorable. Même si mon humeur est particulièrement maussade en ce moment, elle a réussi à me faire rire en me décrivant le vieux baron Seillière, en tenue de soirée, s'évertuant à vanter les mérites de la famille au milieu d'une bande de chenapans qui n'en avaient que faire et avaient choisi, sans en attendre l'autorisation, de se ruer sur le buffet. Les ventres sont vides, et beaucoup seraient capables de vendre leur mère pour quelques tickets de rationnement en plus. Je crains fort que cette fête des Mères ne fasse pas long feu.

12 décembre 1942

Selon Catherine, dont on m'a rapporté le propos, je ne serais pas une bonne fréquentation pour Pierre. Comment a-t-elle l'outrecuidance de s'en prendre aussi directement et publiquement à moi ? Quand on prend plaisir à crier par monts et par vaux qu'on se fiche bien de ce qui pourrait arriver à Pierre, quand on déclare de sang-froid, à l'avance, qu'on refusera de l'aider en quoi que ce soit, on me paraît pour le moins méprisable. Je suis loin d'être la seule personne, d'ailleurs, à mépriser Catherine.

24 décembre 1942

Il m'est en effet de plus en plus difficile d'écrire dans ces carnets, peut-être parce qu'il me paraît vain de vouloir entretenir ici une liaison qui, il me faudra bien en convenir un jour, a cessé et bien cessé d'exister.

Aussi pénible que cela puisse être, il me semble pourtant nécessaire de relater ici la fameuse soirée du 15. Nécessaire à cause de l'importance des événements eux-mêmes ; nécessaire également parce qu'il semble que cela a été notre dernière soirée commune.

Pierre était déjà dans l'appartement quand je suis rentré cet après-midi-là, après avoir effectué quelques achats en ville en prévision des fêtes. Je ne m'attendais pas à le trouver rue

Bridaine. J'aurais donc dû me douter — mais ne m'en suis-je pas justement douté ? — que quelque chose n'allait pas. Il repassait sans cesse le même disque sur le plateau du phonographe. Tout en écoutant sa satanée musique, il faisait allègrement un sort à une bouteille de Cognac qu'il avait trouvée dans le bar. Il n'a pas eu le temps de la boire jusqu'à la lie. Car presque aussitôt, après m'avoir plusieurs fois répété, comme pour s'en convaincre lui-même, qu'il voulait quitter Paris prochainement et définitivement, il devait sombrer dans une demi-inconscience. Inconscience bien remplie cependant, comme en témoignaient le lendemain l'état de l'appartement et les bleus que je porte un peu partout. Jamais jusqu'à ce soir-là la violence de Pierre ne s'était exercée à mon encontre. Si j'ai donc souffert, ce n'était pas tellement physiquement.

Que dire de plus ? Que Catherine est une traînée pour avoir ainsi précipité la déchéance de Pierre ? C'est une évidence, et alors ? Il n'est plus question que je le sauve malgré lui. Je ne pourrais l'aider qu'avec son concours ; et sur son initiative. Depuis cette soirée, il ne m'est plus possible de m'offrir sans condition à Pierre, comme je l'ai toujours fait jusque là.

241

4 janvier 1943

La voix de Pierre à l'autre bout du téléphone. Avouerais-je que c'était presque insoutenable ?

23 janvier 1943

J'écris de moins en moins dans ces carnets. Non pas véritablement que je n'ai plus rien à y noter. Parfois, en effet, l'envie me prend, mais ce serait trop lamentable que ces pages deviennent le témoin de la chute d'un homme, alors que mon but initial était de laisser ici la trace d'une passion ou, plutôt, de rassembler les éléments les plus divers se rattachant à la personne que j'aimais le plus au monde. Il fallait que j'écrive Pierre. Sorte d'invocation dont j'espérais secrètement recueillir les effets les plus salutaires.

Mais Pierre s'est engagé dans une nouvelle voie : il a choisi, après de longues et tumultueuses hésitations, de rejoindre le troupeau. Je n'ai pas eu la force suffisante pour l'en arracher. De toute façon, en vertu de quel droit l'aurais-je fait, puisque Pierre n'a pas hésité à sacrifier notre amour ?

Qu'il reste donc avec Catherine. Laissons celle-ci continuer à le dévorer sans scrupule. Quand elle sera rassasiée — et lui toujours aussi insatisfait — je suppose, sans trop me tromper, qu'elle lui signifiera son congé. Il le sait, apparemment ; il n'est pas devenu totalement aveugle.

Dans quel état le laissera-t-elle après en avoir profité, je préfère ne pas trop y songer à l'avance. Je ne suis plus sûr en effet de vouloir l'aider à se relever. Serais-je devenu monstrueux ? Pourtant je ne reconnais à personne le droit de me juger, car personne ne sait ce que j'ai souffert. Personne ne sait ce que je continue à souffrir en écrivant ces lignes. Et ce sera toujours ainsi. C'est quand il n'est plus possible d'aimer que commence la véritable souffrance.

7 février 1943

Quoi de neuf sur la guerre ? La nouvelle, annoncée il y a quelques jours, est d'une portée énorme : la 6e armée allemande, du moins ce qu'il en reste, a capitulé à Stalingrad. Le maréchal Paulus, contrevenant aux ordres d'Hitler qui refusait de lâcher cette ville devenue un symbole, a préféré épargner ses derniers soldats. Le geste est noble et Paulus n'aura pas à en rougir devant les générations allemandes futures. En attendant, Hitler doit être dans une colère noire. Qu'importe les états d'âme de celui-ci, l'important est qu'il n'y a maintenant plus aucun doute : la puissance soviétique renforcée va permettre aux Alliés, plus ou moins rapidement, de gagner cette guerre. Mais les Bolcheviks sauront-ils n'être que des libérateurs ? On se souvient de leur gourmandise avant 1941.

8 mai 1943

Recommencer à écrire dans ces carnets ? Évidemment, cela est parfois tentant. Mais il faudrait alors que je me résolve à donner à ces notes une tout autre orientation que celle que je leur avais assignée ; ou, plutôt, à dissimuler autant que peut se faire leur orientation originelle. Pourquoi pas ? D'ailleurs, en tentant de raconter Pierre, ne me suis-je pas tout bonnement raconté moi-même, sans vouloir me l'avouer ?

14 mai 1943

M'obsède toujours l'idée d'être à tout prix différent des autres, de n'être que cela. La fameuse idiosyncrasie. C'est perpétuellement ce que je reproche aux gens qui m'entourent — qui m'encerclent : leur désir de perdre toute individualité, d'être avant tout comparables. L'originalité, même la plus terne, n'a pas droit de cité. Ce n'est pas facile d'être un proscrit. Je le sais par expérience. Ai-je alors le droit d'en vouloir à Pierre ? Puis-je lui reprocher sa désertion, sa fuite irrémédiable vers une normalité médiocre, mais rassurante ? Je ne suis moi-même pas certain de tenir le coup encore longtemps. Il aurait fallu que la Grèce n'ait pas de fin ou que Sparte soit notre tombeau.

30 mai 1943

Le véritable amour est unique. Et par là même, il est exigeant. De même qu'il ne se construit pas, de même il est déraisonnable de chercher à le retenir. Je ne m'en suis pas rendu compte à temps. Je regrette aujourd'hui de n'avoir pas été le premier à partir. Mais suis-je responsable ? J'en étais resté au vieux cliché de Pylade et Oreste, et j'avais oublié — j'avais voulu oublier — qu'à la fin de l'histoire, irrémédiablement, Hermione entre en scène. Tant pis pour moi.

Il n'empêche que l'amour est unique. Celui-là, en tout cas, l'était. Je m'y suis donné tout entier, sans calcul, dois-je dire sans réfléchir ? Pendant tous ces mois, j'avais oublié qu'il pouvait exister autre chose que le couple que nous formions. Pierre ne l'avait pas oublié lui, qui, sitôt qu'il m'eût fait prendre conscience de l'existence de notre couple, a travaillé insidieusement à le détruire.

Et cependant, l'amour est unique. C'est-à-dire qu'il faut bien me convaincre que je ne vivrais plus jamais de tels moments. Bien sûr, je ne saurais oublier les instants privilégiés passés avec Pierre, même ceux que j'ai dû voler à Catherine. Jamais Pierre ne pourra lui offrir autant qu'il m'a donné. Bien piètre consolation.

En attendant, je travaille à faire revivre cet amour passé. Ce sont les motivations profondes de ces lignes. Raconter Pierre, c'était immanquablement nous raconter. Le Pierre que Catherine croit connaître, c'est un être profondément imprégné de ce qui fut nous. Il n'y a rien à y faire, c'est ainsi.

Pierre fait désormais partie intégrante de moi. Je ne saurais trouver le repos que quand je l'aurai extirpé de moi, livré en pâture au public. Quand j'aurai su le faire partager, quand je l'aurai offert. Je sens bien que ces carnets ne suffisent plus. Mais j'ai peur de commencer véritablement l'œuvre à laquelle je songe. Depuis des mois, j'ai en fait renoncé à tous mes projets d'écriture.

Il faut savoir attendre son heure. La mienne viendra. Et je pourrais enfin disposer de moi, vivre mon 10 décembre à moi et non plus toujours celui des autres.

22 juin 1943

« J'ai vu Pierre l'autre soir. Il a l'air complètement en dehors de la plaque », me confiait ce matin Forster.

15 septembre 1943

Il est des moments où le silence est plus douloureux que la parole. Où le besoin de raconter se fait plus aigu au point de devenir nécessaire, et ce malgré la promesse que l'on s'était faite de mettre un point final à un épisode aussi éprouvant.

19 septembre 1943

Il n'y a de rupture que concertée, que consentie. Ce qui peut à un moment donné paraître le résultat d'une décision unilatérale n'est en réalité que l'aboutissement d'un long processus, d'un jeu à deux partenaires. Il n'y a pas de responsabilité plus ou moins grande. Les responsabilités ne se quantifient pas. Elles sont partagées, peu importe qui en détient la plus grande part. À vouloir comptabiliser, on oublie immanquablement l'essentiel : la douleur de la rupture. Elle n'est, elle, ni concertée ni consentie, mais elle est bien pourtant la phase ultime, celle à laquelle on n'avait pas cru devoir penser, contre laquelle on n'avait pas songé à se prémunir et qui, cependant, ne manque jamais le rendez-vous.

30 septembre 1943

J'ai revu Pierre il y a quelques jours. Ce revoir se voulait officiel. Le fut-il vraiment ? Catherine avait cru préférable de s'absenter. Le tête-à-tête ne fut évité que par la présence de Paul, présence que j'avais soigneusement et adroitement organisée. L'idée de me retrouver seul en face de lui, après si longtemps, me faisait trop peur. Je voulais à tout prix rester digne devant lui ; ne pas recommencer unilatéralement la conversation qu'il crut bon un jour d'interrompre. Paul devenait, involontairement, implicitement, la garantie la plus sûre de ma retenue. Il en avait très certainement conscience, puisqu'il m'a aidé à entretenir une discussion des plus banales, la seule autorisée. Ce fut tout à la fois rassurant et tragique, chacun prenant garde de ne pas sortir de son rôle policé. Je crois que Pierre, comme moi, n'attendait que l'occasion d'en déborder, tout en souhaitant pourtant ne pas en avoir l'opportunité. Je ne suis plus capable de supporter l'échec. Je n'ai plus la force de me relancer dans cette aventure. Mais je ne dis pas que je n'en ai pas envie. Ce revoir fut-il véritablement douloureux ? Peut-être pas tout à fait. Mais que son côté factice me fut pénible. Était-il possible qu'il en soit autrement ? Les liens qui nous ont unis, Pierre et moi, étaient trop forts pour supporter ce jour-là autre chose que d'artificiel.

2 octobre 1943

L'épisode d'Itéa fait partie des histoires que l'on devrait faire partager, offrir aux gens qui nous entourent.

4 octobre 1943

« Pierre, c'est quelqu'un de formidable ; mais, étrangement, hormis toi, personne ne l'aime vraiment », m'a avoué Camille, rencontré par hasard au parc Monceau où, avec

Klaus, j'étais sorti prendre un peu l'air, voulant profiter des derniers beaux jours.

5 octobre 1943

Comme il me l'avait annoncé hier, Klaus a quitté Paris aujourd'hui. Il est affecté sur le front russe. Il va me manquer, mais je n'ai pas su le lui dire. Une dernière fois, j'ai eu son corps à ma disposition et j'ai pu m'en rassasier jusqu'à satiété.

21 novembre 1943

Qu'avais-je besoin de me prouver ? Me suis-je seulement prouvé quoi que ce soit ?

17 décembre 1943

J'ai croisé Pierre sur les Champs. Nos regards se sont évités.

1er janvier 1944

Il n'y a pas de vie. Il n'y a qu'une longue quête, terrible et dérisoire, à laquelle la mort donne un jour l'illusion de la fin. Il n'en est rien, pourtant. Ce serait trop simple. La mort nous fait seulement oublier le but de notre tragique existence. Si certains traversent cette dernière avec une apparente facilité, il ne faut pas s'y fier : le manque d'acharnement n'est que le signe d'une totale inconscience ou, pire, le refus délibéré de sa mission, vaine et connue comme telle. Quelle prétention ! Et quel manque de discernement surtout : c'est la quête en elle-même qui a de la valeur, et non pas le Graal. Ce qui ne veut aucunement dire que tout soit supportable et doive être supporté. Il faut se battre, s'efforcer à défendre ce qui nous paraît juste ou simplement beau, arracher à la fatalité qui nous entraîne quelques instants privilégiés, justement parce que dérobés à cette fatalité. Tant pis si l'on s'égare quelque peu, si l'on traîne en chemin. L'important est de ne pas se mentir à soi-même, de savoir qu'au bout de la route nous attend, superbe dans son inaltérabilité, l'inaccessible étoile.

26 janvier 1944

Un coup de téléphone m'apprend qu'il y a quelques jours le comte Ciano aurait été fusillé à Vérone. Sur ordre de Mussolini. Si cela est vrai — la nouvelle ne m'a pas été confirmée — les Italiens nous rejouent l'histoire des Atrides. Ciano était un homme de talent qui s'est égaré dans le fascisme. Edda l'a longtemps convaincu de suivre son beau-père sans trop en discuter les décisions. Son coup de poing sur la table, trop tardif, lui aura été fatal.

3 février 1944

On me dit que le général de Gaulle serait depuis quelques jours à Brazzaville. Celui qui fut un rebelle il y a encore quelques années prépare maintenant sa revanche. Il faut s'attendre à de nouveaux temps. « L'Empire de mille ans » n'aura été qu'un petit épisode, sanglant, mais bien plus court qu'il ne nous l'avait fait croire. Il nous faudra bientôt rendre des comptes pour être restés si longtemps silencieux.

9 février 1944

Il n'y a de trahison qu'amoureuse. Mais peut-on alors dire qu'il s'agisse d'une trahison ?

Il faudrait tout recommencer, tout rebâtir, redonner aux mots leur sens originel, reconstruire à partir d'eux tout un système de pensée qui obligerait chacun d'entre nous à consentir un effort. La sensation d'accomplir un effort suffirait peut-être à nous donner l'illusion de l'utilité.

16 mars 1944

N'aurais-je donc plus rien à dire ? Il me semble plutôt que c'est le manque d'interlocuteurs valables qui explique mes silences de plus en plus nombreux. J'ai à dire, mais personne à qui le faire entendre. La solitude ne me pèse que dans la mesure où elle proscrit tout échange. Or le rapport à l'autre me demeure essentiel.

Mais avec quel autre ? Je ne peux, avec les individus que je connais, aborder aucun des sujets qui me tiennent à cœur. Cela serait peut-être possible avec un ou deux d'entre eux. Mais avec ceux-là, justement, je me dois d'éviter toute relation trop profonde afin d'échapper à un désenchantement futur. Et puis, de toute façon, je n'ai pas le droit d'ennuyer les gens avec mes inquiétudes, mes interrogations lancinantes qui restent sans réponses, sans solutions.

Suis-je donc condamné à la solitude à perpétuité ? Je m'interdis de croire à une telle sentence. Je lutte contre elle. Je me bats contre cette fatalité. Je n'en veux pour preuve que mes ridicules et perpétuelles avances aux autres.

23 mars 1944

Pierre Brossolette est mort. Je l'ai bien connu à l'époque du Front Populaire. Nous nous retrouvions parfois en fin de journée, au petit café qui fait l'angle de l'avenue de l'Opéra et de la rue Sainte-Anne, où nous avions de longues conversations sur l'état du monde. Nous étions souvent en désaccord, mais sans jamais avoir à hausser le ton. De temps à autre, Pierre nous rejoignait, au sortir des locaux de son journal. À trois, nous pensions pouvoir refaire ce monde justement.

Pierre Brossolette est mort. On me dit qu'il s'est jeté par la fenêtre du bâtiment où on le détenait. Son corps est resté longtemps étendu sur le sol de l'avenue avant qu'on vienne le relever et nettoyer le sang. Ceux qui ont pu s'en approcher prétendent avoir vu les marques des pires tortures sur son cadavre. Ils ont voulu le faire parler. Tel que je le connais, il n'a rien dit.

J'ignore presque tout de la Résistance, juste ce qu'a bien voulu m'en dire Pierre, très peu donc. Je sais que certains de mes amis s'y sont engagés pleinement, au risque de leur vie, mais je n'ai jamais cherché à en savoir plus. Il est trop tard aujourd'hui. Le rouleau compresseur soviétique est en train de faire reculer l'armée allemande à l'est, la guerre touche à sa fin.

1er avril 1944

« Je voudrais que tu m'écrives un poème », me demande Gilles.

13 avril 1944

Une nouvelle entendue à la TSF : L'armée allemande serait entrée dans Budapest. C'en est fini de la lune de miel entre la Hongrie et l'Allemagne. Hitler ne croit même plus ses anciens alliés en état de résister aux Soviétiques. Ou plutôt, il les devine prêts à négocier avec les futurs vainqueurs et ne leur fait donc plus confiance. Mais l'Allemagne peut-elle vraiment tenir seule ? Personne ne le croit.

En quelle année déjà ai-je séjourné à Budapest ? Il faudrait que je regarde dans mes papiers.

16 avril 1944

J'ai vu Bertrand hier soir. J'avais appris qu'il était venu passer quelques jours chez son frère ; j'ai donc poussé un de nos amis communs, qui devait rendre visite à Camille, à m'emmener avec lui, sans lui cacher que ce que je voulais ce n'était que voir Bertrand. Mais j'ai préféré ne pas lui en donner la raison précise. La connais-je moi-même ?

J'ai d'abord cru que mon nom n'évoquait rien pour Bertrand : au moment des présentations, il m'a en effet salué sans faire la moindre remarque qui aurait pu me donner à penser qu'il savait qui j'étais.

Ce n'est que bien plus tard dans la soirée, Camille nous ayant retenu à dîner, que nous avons pu discrètement nous entretenir à l'écart, allant droit au cœur du sujet qui me hante encore. J'ai alors compris que je n'étais pas le seul à m'être véritablement intéressé à Pierre, et je suis sorti de cette rencontre bouleversé.

29 avril 1944

Comment expliquer cette peur que j'aie d'avoir déçu Gilles ? Sans doute parce que je ne prends conscience de ma valeur que dans le regard de l'autre, et que je crains celui qu'aura Gilles ce soir. Parviendrai-je un jour à trouver seul la quiétude intérieure dont j'ai tant besoin ?

8 mai 1944

Gilles a-t-il conscience des effets qu'il produit sur moi ? Mesurait-il ce qu'il faisait, hier, en me parlant comme il l'a fait de son besoin d'amour ?

Et toujours cette peur qui me hante, la peur de retomber au fond du même gouffre.

Pourtant, quand au sortir de la douche, tout ruisselant encore, Gilles m'a rejoint dans la chambre où je ne l'espérais pas, avec une innocence totale, le sourire à peine esquissé, mais comme provocateur, je ne l'ai pas repoussé. Il s'est collé tout contre moi, le souffle rauque, la peau constellée de gouttelettes qui le faisaient frémir un peu. J'ai caressé cette peau humide, mais douce, j'ai goûté ces lèvres tremblantes d'un désir qu'il n'osait pas plus explicitement formuler, mais souhaitait que je lui fasse connaître. Je l'ai allongé sur le lit, à plat ventre, mes mains s'attardant toujours sur son corps, effleurant le duvet de ses fesses rebondies, s'égarant sur son sexe qui durcissait toujours davantage. Nous nous sommes endormis l'un et l'autre comblés, lui pour la toute première fois.

25 juin 1944

J'ai définitivement renoncé à noter ici les événements qui concernent la guerre, alors que nous nous acheminons, depuis près de trois semaines, vers une libération certaine.

26 juin 1944

Gilles prend progressivement de plus en plus de place dans mon esprit, comme dans mon existence concrète. Moi qui m'étais fait le serment de ne plus jamais m'attacher à qui que ce soit, me voilà de nouveau englué dans les mailles du filet ! Je n'ai pour l'instant pas lieu de me plaindre : alors que je reste maladroitement sur la défensive, c'est lui qui me pousse à m'engager toujours plus, créant les occasions de rencontre, conscient je le suppose de l'importance qu'il revêt déjà pour moi. Et quand il me sent hésitant, il sait que je ne peux résister devant son corps nu quémandant toujours plus de plaisir.

J'ai revu Pierre avant-hier ; il est passé rue Bridaine chercher quelques livres. Gilles est arrivé fort opportunément pour rompre un tête-à-tête qui m'était pénible. Il a foudroyé Pierre du regard, comme pour lui dire qu'il n'était plus chez lui ici, que la place était désormais prise pas un autre. Pierre a fait semblant de ne rien remarquer.

3 juillet 1944

Quel jeu joue Gilles ? Dans quelle mesure est-il compatible avec la partie que j'ai entamée de mon côté ?

15 juillet 1944

Involontairement, j'ai semé la confusion dans les relations entre Gilles et son entourage. D'un côté, son jeune compagnon du moment, une liaison tout à fait chaste comme j'ai pu m'en rendre compte lors de notre première fois, qui se plaint de ma présence presque continuelle à ses côtés, avec d'autant plus d'aigreur que c'est Gilles qui impose cette présence, qui s'arrange à ce qu'elle perdure ; de l'autre son ami Martin, que Gilles prétend jaloux de moi, tant à cet âge on souhaite des amitiés exclusives. Cette situation pourrait me faire sourire, si je ne percevais pas le mal qu'elle peut créer. Tout en jouant le bel indifférent, je ne peux m'empêcher de redouter l'issue de tout cela. Je ne me sens plus capable de supporter un nouvel échec. Je dissimule ma faiblesse, non sans peine, derrière ce dérisoire masque de placidité, tout en sachant combien le stratagème est fragile.

14 août 1944

L'amour, au contraire de l'amitié est toujours à sens unique. Des deux, il en est toujours un pour ne pas aimer suffisamment, pour ne pas aimer totalement ; un pour ne pas comprendre que l'amour suppose — impose — l'exclusivité. Être un compagnon, cela ne signifie rien, cela n'a qu'une valeur sociale. Ce qui compte, c'est d'être le compagnon. Cela ne peut hélas durer que peu de temps, car ce qui, pour l'un, se transforme en raison de vivre, est ressenti bien vite par l'autre comme un emprisonnement arbitraire. Dans l'amour, il y a toujours un captif, que rien ne saurait empêcher de s'évader à la première occasion. Les vieilles amours n'existent pas. Vieilles amours, ce n'est qu'un terme malpropre pour désigner ce qui est devenu, tout au plus, une relation agréée, bien loin de la passion dévorante, et par-là nécessairement éphémère, qu'il y eut à l'origine.

17 septembre 1944

Existe-t-il une solitude constructive ? Depuis que je suis arrivé à Cassagne, où Jacques et Marianne, remontés à Paris sitôt la ville débarrassée de la présence allemande, m'ont presque contraint à me réfugier, tant ils craignaient pour moi la fureur aveugle de quelques libérateurs un peu trop échauffés, je me retrouve seul face à moi-même. Cette expérience n'est pas pour l'instant aussi désagréable que je l'avais craint. Je ne ressens pas encore l'absence des autres comme un manque. Forcé par les circonstances de faire le tour de moi-même, et de moi exclusivement, jc suis en même temps contraint de remettre certaines choses au point. Pas un point final. L'interrogation sur soi n'est pas totalement désespérante. Je n'ai pas l'impression ni la prétention de me découvrir tout à coup autre. Simplement, dans la mesure où ce mot n'est pas trop restrictif, je parviens à me cerner avec beaucoup plus de précision. Peut-être parce que l'espace à embrasser est beaucoup moins large. Je ne changerai pas d'avis sur moi. Mais cet avis sera beaucoup plus circonstancié et moins fluctuant. En tout cas, il ne dépendra que de moi. C'est peut-être une démarche dangereuse : à trop se pencher, Narcisse pourrait bien tomber, et peut-être même se noyer. J'en prends le risque. Mais je veillerai aux précautions d'usage. Au bout du chemin que je fais en ma seule compagnie, je peux espérer enfin retrouver les autres. Il ne faut pas, bien sûr, que ce chemin soit trop long : je pourrais me perdre ; ou alors, renoncer, et faire demi-tour.

Cette solitude ne me déplaît donc pas. Je la sais momentanée. Disons, plus franchement, que je la veux telle. Nuance. Or la nuance est toujours essentielle, comme l'écrivait Verlaine.

Les autres ? Il en est peu auxquels je tiens vraiment. Cette faiblesse du nombre me ferait moins peur si j'étais sûr qu'ils tiennent autant à moi. C'est l'éternel problème. Il faudrait que je m'extirpe cette hantise du crâne. Que je me comporte avec ces quelques autres en cessant de me demander si je les retrouverai l'instant d'après. Parce que je me sais incapable de trahir, je redoute la trahison des autres.

2 mai 1945

Le désir ne vaut que tant qu'il n'est pas assouvi. C'est dans la quête qu'est le plaisir. La découverte marque le point final. La femme qui cède n'est plus aussi désirable que celle qu'on poursuit. Ceux qui en prennent conscience cherchent alors, le plus souvent, à élargir le couple, faute d'oser le rompre. C'est l'origine de la reproduction : l'être tant désiré ne charmant plus assez, on tente de le remplacer sans enfreindre les règles du couple. C'est pitoyable !

3 juillet 1945

Gilles rentre demain d'Allemagne. C'est sa première permission depuis qu'il a rejoint la 2e DB.

Les revoirs me font toujours peur. Celui-ci comme les autres, et sans doute davantage que beaucoup d'autres. Le plaisir que je devrais en attendre est tempéré par la crainte d'une déception. Le temps qui s'écoule nous interdit d'espérer retrouver les autres tels que nous les avons quittés. Inexorablement, le temps façonne les êtres qu'on aime. Il les transforme sans que nous puissions intervenir. Il est sans doute des changements harmonieux, enrichissants, qui ne font qu'augmenter l'être qu'on a laissé. Il en est d'autres, destructeurs, qui préservent les apparences, mais attaquent la profondeur de l'être. J'ai vu, autrefois, ces effets dévastateurs. J'ai vu, ou plutôt j'ai senti, la lente déchéance de quelqu'un comme Pierre, son inexorable mise au pas.

Je dis « le temps ». Mais celui-ci n'est qu'unité. Unité pendant laquelle agissent de nombreux agents. Parmi eux, « les autres », comme je les appelle souvent. Ce sont eux que je redoute le plus. Je connais leurs moyens insidieux, leurs ruses, les masques dont ils s'affublent pour parvenir à leurs fins. Certains semblent véritablement s'être faits à la vocation de destructeurs, s'acharnant sur leur victime jusqu'à l'anéantissement.

Il est si difficile de leur échapper, que je ne peux que craindre pour Gilles. J'ai eu beau tout faire pour ne pas tenir à lui, je suis à nouveau tombé dans le piège. Cela n'a pas pris encore, heureusement, les mêmes proportions qu'avec Pierre. Mais je ne suis pas disposé pour autant à croiser les bras et à laisser les autres s'attaquer à cet amour auquel je veux croire.

Voilà pourquoi le revoir qui s'annonce est si important. Je verrai, je sentirai sans peine les changements. Je m'en réjouirai peut-être. Sinon je lutterai. Si j'échoue, j'assumerai la rupture. Rupture dont je ne veux pas. Rupture dont la perspective me terrorise.

Le corps de Gilles m'est devenu nécessaire et j'ai hâte de le serrer contre moi, de lui enlever son uniforme pour le retrouver nu comme la première fois, dans la chambre de la rue Bridaine.

4 juillet 1945

Toute vie modeste est une vie ratée.

POSTFACE

Comme il a été dit dans l'Avant-Propos, on sait peu de choses concernant la vie de Franz von Arx au lendemain de la guerre. Concernant les personnalités citées dans les carnets, on sait ce qu'elles sont devenues quant à elles.

J'ai longuement essayé d'identifier ceux qui apparaissaient sous des pseudonymes ou de simples prénoms afin de connaître leur destinée après la Libération. Je livre ici les quelques informations que j'ai trouvées à ce jour, dont certaines sont encore à vérifier alors que d'autres sont maintenant avérées.

Pierre, tout d'abord et bien naturellement, a été l'objet de mes investigations. Il serait mort dans les combats de la libération de Paris en août 1944, mais son corps n'a jamais été identifié. Catherine a continué après guerre sa carrière de comédienne et on la voit fréquemment dans des petits rôles pendant les années 50, avant que la Nouvelle Vague ne l'oublie tout à fait. Elle vit aujourd'hui dans une maison de retraite atteinte de la maladie d'Alzheimer ; il m'a donc été impossible de l'interroger.

Les deux proches amis de Franz von Arx ont tous les deux connu une fin dramatique, mais bien différente. Vladimir Jzabo n'est pas revenu d'Auschwitz. Aucun survivant ne l'a mentionné, on peut donc raisonnablement penser qu'il a été sélectionné sur la rampe pour aller directement dans la chambre à gaz. Comme il n'était pas de religion juive, on se demande toujours ce qui a été le motif de son arrestation et de son exécution. Jacques de Lestoure a survécu à la guerre quelques années et s'est réinstallé dans la capitale, mais lui et son épouse sont tragiquement décédés dans un accident d'automobile, alors qu'ils se rendaient, comme ils le faisaient régulièrement, dans leur château de Cassagne. Un chauffard ivre a décidé de leur sort.

Valentin et Sarah, réfugiés en Zone Libre, réussiront quelque temps à échapper aux nazis. Arrêtés début 1944 par la police française, alors qu'ils se cachaient dans un petit village des Pyrénées, ils seront alors séparés définitivement. Sarah sera envoyée dans les camps d'extermination, vraisemblablement à Auschwitz ; plusieurs témoins racontent qu'elle aurait succombé au cours des Marches de la mort. Valentin, libéré de la prison d'Auch après le départ des Allemands, partira rapidement aux États-Unis pour y poursuivre sa carrière. Il devra revenir en France au moment du maccarthysme, continuera pendant de nombreuses années à mettre en scène et découvrir de nouveaux talents. Il est mort d'un cancer en 1983.

Francis Forster s'est installé à Londres en 1946 où il s'est mis à la peinture ; il restera au Royaume-Uni jusqu'à sa mort. Son fils Benjamin Forster, qui travaille dans une des tours de la City, a bien voulu me recevoir pour me parler de lui ; il a eu l'extrême gentillesse de m'offrir une de ses toiles. Je l'en remercie encore ici.

Klaus Hildebrandt a disparu sur le front russe. On ignore où il repose. Eduard von Galen sera pendu avec son père et son oncle au lendemain de l'attentat contre Hitler du 20 juillet 1944.

Le comte Alemarni, lui, a été fusillé quelque temps après Ciano par les partisans de la République de Salò.

Léon a poursuivi une petite carrière de chanteur de music-hall jusque dans les années 60 ; il sera alors balayé par les vedettes des années yéyé et terminera sa vie dans les années 70 dans l'oubli et la misère. J'ai pu retrouver miraculeusement quelques disques qu'il avait pu enregistrer et que je garde précieusement.

Bertrand, l'ancien danseur, n'est jamais sorti de sa retraite. Il a même décidé de prononcer ses vœux peu de temps après la Libération pour se consacrer définitivement à la vie monastique.

Sylvain a encore été vu longtemps, après-guerre, en compagnie du baron Calvet. Il est mort d'une overdose dans les toilettes d'un café parisien en 1969.

Paul est encore en vie à l'heure où j'écris ces lignes. Il vit dans un modeste pavillon de la région parisienne en compagnie d'une multitude de chats. Il a toujours refusé de me recevoir ou de s'exprimer par téléphone. J'ai fini par renoncer pour ne pas l'importuner davantage.

Ainsi ont disparu ou se sont tus à jamais les contemporains de Franz von Arx. Sans ces carnets, il nous serait resté totalement inconnu. Je remercie donc tout particulièrement, en respectant l'anonymat qu'il a exigé, celui qui me les a procurés.

REMERCIEMENTS

Je tiens tout particulièrement à remercier ici Ambroise Gabriel pour son aide, ses précieux conseils et la confiance qu'il m'a toujours manifestée ; Alain T. à qui je dois en particulier les informations sur le tableau de Corot qui apparaît dans le livre ; Anthony McFly qui m'a poussé à aller au bout de l'aventure ; Charles-Eric Beaulieu qui s'est démené pour la réussite de ce projet ; Bruno Bouché pour sa préface ; ainsi que tous ceux qui, d'une façon comme d'une autre, ont montré de l'intérêt à ce que j'écrivais.

www.ingramcontent.com/pod-product-compliance
Lightning Source LLC
Chambersburg PA
CBHW050403260626
47156CB00003B/849